*Klaus Fröhlich-Gildhoff*
*Horst Cäsa*

# Schrott

**Impressum**

ISBN 978-3-7888-2086-2

1. Auflage 2023
Printed in Germany

**Erschienen im Auftrag
des Verlages
J. Neumann-Neudamm**

© 2023
Verlag J. Neumann-Neudamm

c/o NJN Media AG
Unter dem Schöneberg 1
D-34212 Melsungen

info@neumann-neudamm.de
www.neumann-neudamm.de

Das Werk, einschließlich seiner Teile, ist urheberrechtlich geschützt. Jede Verwertung außerhalb der engen Grenzen des Urheberrechtsgesetzes ist ohne Zustimmung des Verlages unzulässig und strafbar. Das gilt insbesondere für Vervielfältigungen, Übersetzungen, Mikroverfilmungen und die Einspeicherung und Verarbeitung in elektronischen Systemen.

*Klaus Fröhlich-Gildhoff*
*Horst Cäsa*

# SCHROTT

**NEUMANN-NEUDAMM**

**Prof. Dr. Klaus Fröhlich-Gildhoff**, Jg. 1956, Diplom-Psychologe und Psychologischer Psychotherapeut, arbeitete zuletzt 20 Jahre als Professor an der Evangelischen Hochschule Freiburg. Autor zahlreicher Fachbücher im Bereich der Klinischen und Pädagogischen Psychologie.

**Horst Cäsa**, Jg. 1957, arbeitete 45 Jahre bei der Polizei in verschiedenen Bereichen, vom Streifendienst über SEK, Personenschutz bis zur Kriminalpolizei. Er war zuletzt 20 Jahre Kriminaloberkommissar im Polizeipräsidium Kassel.

# BETEILIGTE PERSONEN

**Mitarbeiter*innen K 11**
**("Fachkommissariat für "Gewalt-/Waffen-/Branddelikte")**

| | |
|---|---|
| Peter Kluthe | Hauptkommissar, geschieden, plant Grillunterstand |
| Sandra Völz | Hauptkommissarin, Kumpel und Familienmensch |
| Dieter Leonhardt ("Leo") | Chef |
| Hamza Gündogan | hat gute Quellen |
| Phillip Habedank | mag Brände |
| Mirko Schulz | unterstützt gern, wenn er Zeit hat |
| Carlo Sanchez | macht Urlaub |
| Beate Schöller | gute Seele im Schreibbüro |
| Manuel Franke | hat was für Wirtschaft übrig |
| Silke Horchler | Leiterin Kriminaltechnik/Spurensicherung |
| | |
| Sebastian Schäfer | Schrotthändler, Nagel im Kopf |
| Lotte Schäfer | seine Frau |
| Jakub Blaszinsky | Angestellter im Zwiespalt und mit Angst |
| Heinrich "Henner" Laumann | Sebastian Schäfers Freund |
| Tanja Richter | Ex- und Wieder-Geliebte |
| Paul Richter | gehörnt |
| "der Schmiedel" | Unternehmer |
| Rafael Celik | enttäuschter Kunde |

**Sonstige**

| | |
|---|---|
| Frederick Kluthe | Sohn |
| Tina Kluthe | Ex-Frau |
| Vanessa Kluthe | Tochter |
| Joachim Karger | Psychologe, Freund von Kluthe, hat Rücken |
| Dr. Sonja Wiedemann | Rechtsmedizinerin, genau und nett |

Eine Vorbemerkung zur gendersensiblen Sprache:
Die Autoren versuchen, eine Balance zu finden zwischen einer gendergerechten Sprache und dem Lesefluss. So ist beispielsweise manchmal von "den Kommissaren" die Rede, wenn Peter Kluthe und Sandra Völz gemeinsam unterwegs sind, manchmal nur von "Patientinnen", wenn Patienten und Patientinnen im Krankenhaus vorzufinden sind.

# 1
(Freitag)

Freitag, 13 Uhr, K 11, Polizeipräsidium Kassel. Polizeihauptkommissar Peter Kluthe sitzt seit zehn Minuten im Besprechungsraum der Mordkommission der Kripo Kassel, formal korrekt: „Fachkommissariat für Gewalt-/Waffen- Branddelikte". Er ist, entgegen seinen sonstigen Gewohnheiten, früh dran. Die Wochen-Endbesprechung des Kommissariats, die „Kuchen-Besprechung", beginnt gleich.

Der Vormittag war hektisch gewesen:

Kluthe hatte zum Dienstbeginn kurz nach 8 Uhr kaum seinen Rechner hochgefahren, da traf ein Fax der Rechtsmedizin ein. Dieses hatte sein Chef an ihn weitergeleitet mit der Bitte, das „noch schnell" zu erledigen. Die Rechtsmedizinerin, Frau Dr. Wiedemann, hatte eine Leiche vor der Einäscherung im Krematorium nicht freigegeben. Eine alte Dame war schon vor 14 Tagen in einem Seniorenwohnheim in ihrem Bett in einem Doppelzimmer der Einrichtung durch Pflegekräfte tot aufgefunden worden. Der benachrichtigte Hausarzt hatte auf dem Leichenschauschein einen natürlichen Tod bescheinigt, also nichts für die Kriminalpolizei. Die 94-jährige verwitwete Frau litt an einer Vielzahl von altersbedingten Vorerkrankungen, so dass der Hausarzt von einem plötzlichen Herztod in Verbindung mit einer Lungenentzündung ausging. Offensichtlich hatte er bei seiner vorgeschriebenen Leichenschau auch nichts Auffälliges am Leichnam festgestellt. Bei der zweiten Leichenschau, die vor einer Einäscherung vorgeschrieben ist, hatte die Rechtsmedizinerin an der Leiche eine ca. 20 cm lange, noch nicht vollständig verheilte Operationsnarbe im rechten Hüft-/Oberschenkelbereich entdeckt. Es bestand dadurch der Verdacht, dass die Frau im

Zusammenhang mit einem etwaigen Unfallgeschehen, etwa einem Sturz, verstorben war. Kluthe hatte grundsätzlich große Sympathien für Frau Dr. Wiedemann und wusste, dass sie ihre Leichenschau akribisch am vollständig entkleideten Leichnam durchführte. Er hatte noch in keinem Fall erlebt, dass ihr etwas Auffälliges am Leichnam entgangen war.

Kluthe hatte sich für das Wochenende einiges vorgenommen und befürchtete, dass die wahrscheinlich bevorstehende Routinearbeit seine Pläne durcheinanderbringen würde.

Die Einäscherung der Frau hatte sich so lange hingezogen, da keine Angehörigen der Verstorbenen zu ermitteln waren. So blieb die Verwaltung des Seniorenheims auf der Abwicklung und Finanzierung der Bestattung sitzen. Die Kostenstelle dort hatte dann längere Zeit gebraucht, um die kostengünstigste Variante zu finden.

Seit 14 Tagen tot – Peter Kluthe hatte sich den Anblick der alten Frau in ihrem Sarg schon vorstellen können. Der Mensch ist trotz Kühlung vergänglich, erst recht nach 14 Tagen.

Missmutig hatte er dann am Morgen seine „Leichentasche", eine Arbeitstasche mit Utensilien zur Untersuchung einer Leiche, gepackt und war zum Krematorium gefahren. Dort musste er allein die Leiche untersuchen, weil die Mitarbeiter des Krematoriums „keine Zeit" hatten. Der erste Anblick des Leichnams jagte ihm trotz mehr als 25 Dienstjahren immer noch einen Schauer über den Rücken. Auch in diesem Fall. Der Leichnam der alten Frau war stark geschrumpft, sie musste zu Lebzeiten höchstens noch 45 kg gewogen haben. Das Gesicht war spitz, der Mund weit geöffnet wie zu einem Hilfeschrei und ohne Zähne, die Nasenspitze war schon beginnend mumifiziert und dunkel verfärbt. Kluthe hatte dann seine ersten Fotos vom Leichnam gemacht, die Einweghandschuhe angezogen und den Leichnam im Sarg auf die Seite gedreht. Er konnte die von Frau Dr. Wiedemann beschriebene OP-Narbe im Hüft-/Oberschenkelbereich rechts sehen und fotografieren. Dies war allerdings erst nach mehreren Versuchen gelungen, da der Leichnam immer wieder in seine ursprüngliche Rückenlage verrutschte. Kluthe war zunehmend sauer geworden, dass er allein die Leichenschau durchführen musste.

Nachdem er den Sarg wieder verschlossen hatte, hatte er das Krematorium schnell verlassen ohne sich zu verabschieden. Noch hatte er eine Stunde Zeit bis 13 Uhr. Glücklicherweise waren die Straßen noch nicht so voll, und in seinem Büro hatte er dann mit dem Seniorenheim telefoniert. Dort wurde bestätigt, dass die gestorbene Frau in der Einrichtung ohne Fremdeinwirkung beim Verlassen ihres Betts gestürzt war und sich einen Oberschenkelhalsbruch rechts zugezogen hatte. Die nötige Operation war im Klinikum Kassel durchgeführt worden, und sie war nach 14 Tagen wieder in die Einrichtung entlassen worden. Da sie bettlägerig war und aufgrund ihrer bestehenden Vorerkrankungen mit einer starken Herzinsuffizienz versehen, erlitt sie kurze Zeit später eine Lungenentzündung und verstarb im Bett. Ein entsprechendes Sturzprotokoll und die Krankenunterlagen hatte Kluthe umgehend per E-Mail erhalten. So konnte er noch schnell vor der Mittagssitzung einen kurzen Bericht anfertigen, die Lichtbilder hinzufügen. Dies hatte er dann noch mit dem Abschlussvermerk „keine Hinweise auf Fremdverschulden" in die Hauspost zur Staatsanwaltschaft Kassel gegeben. Der Freigabe des Leichnams zu Einäscherung sollte dann nichts mehr im Wege stehen.

Nach und nach treffen jetzt die verbliebenen vier Kollegen des K 11 und die Kollegin Sandra Völz sowie der Chef Dieter Leonhardt, „Leo", im Besprechungsraum ein. Es ist Ende Juni, nach zwei Wochen Dauerregen ist für das Wochenende schönes Wetter angesagt und Kluthe brennt, nach Dienstschluss um 14.30 Uhr endlich die Vorbereitungen für die Betonplatte der Grillstation auf seinem Gartengrundstück durchzuführen. Der Boden muss ausgegraben werden, und morgen kommt, nach langem Überreden, sein erwachsener Sohn Frederick dazu, und auch der alte Freund Joachim Karger hat sich zum Helfen angekündigt. Er ist zwar eher Kopf-und-Mund-Arbeiter, Psychologe, hat schnell „Rücken", sorgt aber zumeist mit lockeren Sprüchen und Sarkasmus für gute Laune. Der Beton muss bei einem „Beton2Go"-Anbieter abgeholt werden – Kluthe sinniert immer noch über die genaue Menge.

Er wird aus seinen Gedanken gerissen. Laut rufend betritt Hamza Gündogan den Raum: „Ich hab` die besten Baklava und Sekerpare der ganzen Stadt mitgebracht, sind noch besser als die von meiner Mutter, geheime Quelle." Der Rest des Teams fängt an zu stöhnen. Hamza ist beliebt und wird als gleichermaßen scharfer wie unkonventioneller Denker geschätzt, zugleich nervt er damit, bei allem „das Beste" und besondere „Quellen" zu haben. Er will zu einer Verteidigungsrede ansetzen, der Chef greift ein: „Hamza, komm runter, wir wollen anfangen".

Der Besprechungsraum ist funktional eingerichtet: Die sechs Besprechungstische sind im Kreis zusammengestellt, es gibt zwölf Sitzplätze, einer ist fest für den Chef reserviert. Der Raum hat die nötige Technik: Telefone, Faxgerät, übergroßen Flachbildschirm, Tafel für Skizzen, drei Flipcharts, Beamer und Laptop. Wichtig sind noch der Kühlschrank und der Jura-Kaffeevollautomat. Dieser ist bei einer gelösten Schutzgelderpressung „abgefallen": Drei Mitglieder des K 11 konnten den Fall schnell aufklären, und als inoffizielles Dankeschön spendierte der Erpresste das Gerät.

Nach und nach berichten die Kollegen und die Kollegin von den Ermittlungen der vergangenen Woche. Eigentlich hat das K 11 elf Planstellen. Zwei sind unbesetzt, ein Kommissar langfristig krankgeschrieben, einer macht Überstundenfrei und eine Beamtin ist im Urlaub. Zum Gesamtteam zählen noch die beiden Verwaltungsangestellten im Schreibbüro des Kommissariats. Die Woche war vergleichsweise ruhig: Sechs zunächst ungeklärte Todesfälle an unterschiedlichen Orten in der Stadt, bei denen der jeweilige Arzt dies im Totenschein vermerkt hatte – alle Obduktionen ergaben allerdings klare Hinweise auf natürlichen Tod. Das Tötungsdelikt, bei dem ein Drogenabhängiger einen anderen im Streit um Stoff erstochen hatte, konnte nahezu sofort aufgeklärt und als Totschlag verbucht werden. Der Fall, bei dem ein Messerstecher zwei Passanten verletzte und dann flüchtete, war ebenfalls binnen 24 Stunden geklärt. Dieser Fall wurde in der Lokalzeitung „Hessische / Niedersächsische Allgemeine" aufgrund des Ferien-Sommerlochs breitgetreten und der CDU-Fraktionsvorsitzende im Stadtparlament bekam eine halbe Seite mit einem Interview, in dem er von „Terrorismusbedrohung" sprach und wie immer mehr Ausgaben für Sicherheit, mehr Polizeipräsenz und Überwachungskameras forderte. Es stellte sich allerdings heraus, dass der Täter in diesen Fällen ein 35-jähriger Mann war, der aufgrund einer psychischen Erkrankung Medikamente benötigte; er lebte in einer Betreuungseinrichtung in Eisenach, hatte diese ohne Rücksprache verlassen, war orientierungslos in Kassel gelandet und hatte die Passanten als Bedrohung erlebt. Nach der Tat versteckte er sich in einem Parkhaus, konnte dann durch Zeugenhinweise gefunden und in die forensische Psychiatrie gebracht werden. Bei diesem Vorfall waren zwar vier Teammitglieder für zwei Tage stark gefordert, letztlich wurde dies aber als Routine empfunden. Auch Kluthe berichtete kurz von seiner Vormittags-Leiche.

Gerade als alle Berichte gehalten waren, die Übergabe an den Wochenend-Bereitschaftsdienst erfolgen sollte und die meisten ihre Gedanken auf die Wochenendaktivitäten richteten, stürzt Beate Schöller aus dem Schreibbüro in den Besprechungsraum: „Wir haben 'nen Anruf aus dem Klinikum bekommen: Es ist einer mit dem Hubschrauber eingeliefert worden, lebensbedrohlicher Zustand mit schlechten Vitalwerten, schon leicht verheilte Kopfverletzung. Zunächst dachte man an Gehirnerschütterung nach Stoß oder so, dann haben sie beim Röntgen ein sieben Zentimeter langes Metallteil im Kopf gefunden. Da muss wohl jemand hin."

Das zweite große Stöhnen … und: Alle schauen unter sich, brummeln vor sich hin. Der Chef fragt in die Runde, wer denn will, das Brummeln geht weiter. Hamza Gündogan hat Bereitschaft, er fällt raus, weil er die Kapazität für mögliche neu auftauchende Fälle braucht. Sandra Völz hat vorher schon eindringlich gesagt, dass sie dieses Wochenende unbedingt für die Familie braucht. Der Kollege Carlo Sanchez hat ab Montag Urlaub, fällt also auch aus. Leonhardt schaut die drei Übrigen an, keiner zuckt als Erster. Dann trifft er die Entscheidung: „Peter, bitte, mach es, einer muss ran." „Leo, neeee, ich will morgen Beton machen, lad' euch dann alle mal zum Grillen ein, nicht jetzt!" „Du bekommst das doch hin, morgen bist Du durch, also fahr ins Klinikum!" Leonhardt ist 58 Jahre alt und schon 19 Jahre bei der Kripo, davon 15 bei der Mordkommission. Er ist wegen seiner Klarheit, Zuverlässigkeit, aber auch langen Berufserfahrung, nicht nur im Team, sondern auch in den anderen Abteilungen der Kriminaldirektion Kassel geschätzt und anerkannt.

Kluthe stöhnt nochmal laut, will sich dann ohne weiteren Widerspruch fügen. Dazu bekommt er Unterstützung von Sandra Völz, der „schönsten Polizistin in Kassel", wie Kluthe meint und gern äußert. „Ich kann mitkommen, zumindest am Anfang mit dabei sein. Ich will zwar heute am frühen Abend zuhause sein, aber ich schaffe das, wenn ich über das Klinikum nach Ihringshausen fahre." Sandra wohnt dort mit ihrer Ehefrau. Beide haben eine zweijährige Tochter, die per Samenspende gezeugt wurde und die die Ehefrau ausgetragen hat. Kluthes Laune hebt sich: „Okay, fahren wir mit zwei Autos und treffen uns vor der Notaufnahme."

# 2
(Freitag)

Kluthe nimmt seinen Dienstwagen, einen grauen Skoda Oktavia Kombi. Die Mitglieder des Kommissariats bekommen alle zwei bis drei Jahre einen neuen Wagen. Für Kluthe hat es sich als günstig herausgestellt, ein nach außen unauffälliges Auto zu fahren – er weiß um die Vorteile der 245 PS der RS-Version und des Allradantriebs, die man dem Auto erstmal nicht ansieht. Die PS helfen allerdings nicht bei der Fahrqual durch die Stadt. Am Holländischen Platz wird immer gebaut, es dauert drei Ampelphasen, bis der Weg zum Klinikum frei wird. Kluthe parkt im Parkhaus, das erspart Suchzeit – die allerdings später beim Ausfüllen des Erstattungsantrags zur Begründung der Parkgebühren wieder verloren gehen wird. Gegenüber vom Parkhaus ist der Haupteingang zum Klinikum, den Weg zur Zentralen Notaufnahme kennt Kluthe im Schlaf, er war gefühlt schon tausendmal hier wegen verschiedenster Anlässe. Er wartet auf Sandra vor der Tür des Eingangs zur Notaufnahme und sieht sein Spiegelbild: Er ist 1,84 m groß, blond, hat leuchtend blaue Augen und für seine 44 Jahre immer noch eine gute Figur. Die Armmuskeln sind gut sichtbar, am Bauch vielleicht zwei bis drei Kilo zu viel, ein wenig wölbt sich das T-Shirt über dem Hosengürtel. Wieder das Vorhaben: Ein zweites Mal in der Woche joggen, ein dritter Abend ganz ohne Alkohol… Sandra kommt um die Ecke, sieht die Bespiegelung und neckt: „Komm, siehst gut aus, Haare sind noch voll und wenn es ernst wird, ziehst Du halt das Bäuchlein ein."

Beide gehen die Treppe zur Notaufnahme hoch. Dort herrscht die zumeist übliche Hektik: Zwei Tragen mit Patienten werden gerade von Rettungssanitätern den Flur entlang geschoben, im Flur stehen schon drei Betten. Die Notaufnahme, oder genau: das „Notfallzentrum" des Klinikums hat zwar eine 20-Betten-

Notfall-Überwachungsstation, diese ist jedoch zumeist und gerade am Nachmittag belegt. Es gibt noch einen großen Raum für Menschen, die sich selbst anmelden, auch hier sind die Sitzplätze oft alle belegt. Die allgemein zunehmende Tendenz, dass sich Patienten und Patientinnen die Wartezeiten beim Haus- oder Facharzt ersparen wollen und daher die Notfallaufnahme aufsuchen, ist besonders im größten Krankenhaus Kassels sehr ausgeprägt. Kluthe und Völz schlängeln sich durch den Flur und wollen gerade zum Anmelde-Desk, als sie von einer kräftigen Frau in grüner Krankenhauskleidung angepfiffen werden: „Nicht vordrängeln, ziehen Sie sich 'ne Nummer und setzen Sie sich, Sie werden aufgerufen. Die Wartezeit beträgt heut' mindestens eine Stunde". Sandra Völz will gerade zu einer Erklärung über ihre Funktion ansetzen, als die Aufsichtsdame sich sehr deutlich und mit lauterer Stimme positioniert: „Halten Sie sich an die Anweisungen, sonst müssen wir Sie von unserem Sicherheitsdienst hinausbegleiten lassen". Wortlos zieht Kluthe den Dienstausweis, hält ihn der Frau vor die Nase und geht weiter zur Anmeldung. Dort müssen beide warten, bis die zuständige Krankenschwester einen Anmeldevorgang beendet hat, dann tragen sie vor, dass sie vom K 11 kommen und aufgrund eines Anrufs aus der Notaufnahme hier sind. Die Frau an der Anmeldung lässt sich noch einmal die Dienstausweise zeigen und will dann Rücksprache mit dem Leiter der Notaufnahme halten. Das Klinikum hat seit einem elektronischen Hackerangriff sehr strikte Richtlinien zum Datenschutz erlassen und alle Mitarbeiterinnen entsprechend geschult. Kluthe verliert langsam die Geduld – er hat die Hoffnung auf die Arbeit im Garten noch nicht ganz aufgegeben und es geht ihm gegen die Berufsehre, auf diese Art und Weise abgespeist zu werden. Er wird jetzt lauter, verlangt unmittelbar zu dem Patienten und dem zuständigen Arzt vorgelassen zu werden. Sandra legt ihm beruhigend die Hand auf den Arm und versucht eine weitere Eskalation zu vermeiden, zumal sich schon einige Zuschauerinnen gefunden haben und es auf einmal sehr ruhig im Umfeld geworden ist; die Aufmerksamkeit der Wartenden fokussiert sich zunehmend auf das Geschehen am Tresen... Nach einem dann folgenden Telefonat der Krankenschwester an der Anmeldung wird deutlich, dass der Patient, der vor drei Stunden mit dem Hubschrauber gebracht worden war und für viel Aufregung gesorgt hat, in die chirurgische Intensivstation verlegt wurde.

Völz und Kluthe machen sich auf den Weg vom Notfallzentrum durch den überdachten Zugang zum Haus C des Klinikums, wo sich auf der Ebene 6 die chirurgische Intensivstation befindet. Sandra sagt deutlich, dass sie diesmal die ersten Verhandlungen führen will, Kluthe ist über die Behandlung in der Notaufnahme immer noch geladen. Sie klingelt am Eingang, nach fünf Minuten kommt eine Intensivschwester. Sandra zeigt ihren Dienstausweis und fragt nach dem Patienten, der aus der Notaufnahme verlegt wurde und einen „Nagel im Kopf" haben soll. Auch hier ist die Schwester zunächst zurückhaltend, bittet die Kommissare vor den Milchglas-Eingangstüren zu warten und sichert zu, den diensthabenden Arzt oder die Oberärztin, die noch auf Station ist, zu holen. Wieder warten, wenigstens gibt es eine Sitzbank. Nach etwa zehn Minuten kommt eine etwa 45-jährige Frau in blauer Intensivstationskleidung aus der Stationstür und stellt sich als Frau Dr. Hillenkamp vor: „Ich bin die zuständige chirurgische Oberärztin für die Intensivstation, habe gehört, Sie wollen mich wegen des Patienten mit dem länglichen Objekt im Schädel sprechen. Was wollen Sie wissen? – Ich hab` wenig Zeit". Sandra Völz kommt Kluthe zuvor, der wieder anfängt, innerlich zu kochen: „Wir sind die ermittelnden Beamten des K 11 und möchten detaillierte Informationen – es scheint sich kaum um eine Unfallverletzung zu handeln. Wir sind von der Notaufnahme informiert worden."

Die Oberärztin bittet sie jetzt in ihr Zimmer, das gleich am Eingang der Station liegt, so müssen die Kommissare sich nur die Hände desinfizieren und für den kurzen Weg eine medizinische Mund-Nase-Maske aufsetzen. In dem kleinen, mit Untersuchungsliege, Schreibtisch, einem Schrank und zwei weiteren Stühlen sehr funktional ausgestatteten Zimmer berichtet Frau Dr. Hillenkamp dann doch etwas ruhiger: Der Patient, Herr Schäfer, ein 52-jähriger, leicht übergewichtiger Mann, sei kurz vor 14 Uhr mit dem Hubschrauber ins Klinikum eingeliefert worden. Er sei ohne Bewusstsein gewesen, mit flachem, zeitweise aussetzendem Puls, unregelmäßiger Atmung und sehr niedrigem Blutdruck. Er habe an der rechten Schläfe eine leicht verkrustete, runde Verletzung gehabt, doch der lebensbedrohliche Zustand sei zunächst unerklärlich gewesen. Schon am Ort des Abholens bei einem Hof am Rande von Hofgeismar seien vom Notarzt ein zentraler Zugang gelegt und kreislaufstabilisierende Medikamente gegeben worden. In der Notaufnahme hätte man zunächst die Routine-Diagnostik – Erheben des körperlichen Befundes, Blutbild und dann Röntgen des Kopfes – aufgrund der Verletzung durchgeführt. Der Patient sei weiter ohne Bewusstsein gewesen. Beim Röntgen ist dann das längliche Objekt, „vermutlich ein etwa sieben Zentimeter langer Nagel", aufgefallen. „Es ist dann sehr schnell die Entscheidung getroffen worden, den Patienten auf die chirurgische Intensivstation zu verlegen. Weil sich der Gesamtzustand langsam, aber stetig verschlechterte und kurzzeitig auch die Atmung ausfiel, haben wir den Patienten intubiert. Jetzt stehen wir mit den Neurochirurgen vor der Frage, ob wir ihn gleich operieren sollen, wobei das Mortalitätsrisiko aufgrund des sich verschlechternden Allgemeinzustandes hoch ist. In fünfzehn Minuten haben wir eine kurze Besprechung darüber", schließt die Oberärztin ihre Ausführungen. Sie zeigt den Kommissaren dann noch das Röntgenbild, auf dem sehr deutlich der Gegenstand im Gehirn zu sehen ist. Er hat die Form eines Nagels, ist in der Tat etwa sieben Zentimeter lang und ist hinter dem rechten Schläfenlappen eingedrungen. Als Sandra Völz nach den weiteren Daten des Patienten fragt, zögert Frau Dr. Hillenkamp kurz, kopiert dann die erste Seite der Krankenakte mit der Adresse und dem Geburtsdatum; Herr Schäfer heißt Sebastian mit Vornamen, ist 1969 geboren und wohnt in Hofgeismar im Schanzenweg. Handschriftlich findet sich auf der Aktenseite die Telefonnummer der Ehefrau.

Kluthe und Völz bedanken sich für „den ausführlichen Bericht" und die Daten, fragen dann, ob sie den Patienten sehen könnten.

Frau Dr. Hillenkamp zögert zunächst wiederum, stimmt aber dann zu: „Nur für einen Blick."

Sie übergibt die Kommissare an einen Intensivpfleger, der die beiden anweist, sich in einem Vorraum einen Kittel, Kopfhaube, Handschuhe und Plastiküberzieher für die Schuhe zusätzlich zur Mund-Nase-Maske überzuziehen. Dann führt er sie zum Zimmer von Herrn Schäfer, der dort zusammen mit einem weiteren Patienten liegt. Herr Schäfer ist intubiert und wird durch das entsprechende Gerät, einen Respirator, beatmet. Er liegt an einer Infusion, die gleichmäßig vor sich hintropft. Außerdem ist er noch an ein EKG-Gerät angeschlossen, das regelmäßig piepst, in kurzen Abständen wird mechanisch der Blutdruck gemessen. Das Gesamtbild wird durch den Urinbeutel ergänzt, der neben dem Bett hängt und von dem ein Schlauch unter die Bettdecke führt. Das Gesicht des Mannes ist rundlich, er ist unrasiert und bleich. Die lichten, fast grauen Haare, die aus dem Kopfverband hervorragen, wirken fettig. Seine Hände, die aus dem Krankenhaushemdchen neben der Decke hervorragen, sind voller Schwielen. Nach dieser kurzen Betrachtung verabschieden sich Völz und Kluthe, geben bei dem Intensivpfleger, der sie begleitet, ihre Visitenkarten ab und bitten, sie zu informieren, falls Änderungen auftreten, der Patient vielleicht doch ansprechbar wird oder wenn die Operation durchgeführt wird. Danach ziehen beide im Nebenraum die Schutzkleidung aus und verlassen die Station.

Vor der Tür verabschieden sich Kluthe und Völz voneinander: Sandra will jetzt zu ihrer Familie, und Peter Kluthe entscheidet sich schweren Herzens, die Bauarbeiten für den Grill noch aufzuschieben. Er will noch einmal ins Präsidium fahren, eine Fallakte anlegen, eine entsprechende Aktennotiz verfassen und mit der Frau des Schwerverletzten telefonieren.

Auf der Rückfahrt ist die Stadt noch voller, der Feierabendverkehr erlaubt fast die ganze Strecke nur Schritttempo, Kluthe ist genervt. Kurz vor dem Präsidium erreicht ihn der Anruf der Oberärztin. „Wir haben uns entschlossen, den Patienten zu operieren. Es sieht so aus, als würde die Blutung im Hirn zunehmen, der Hirndruck steigt und die Überlebenschancen werden mit dem Objekt im Kopf und den Blutungen fast minütlich geringer." Kluthe bedankt sich und wünscht „gutes Gelingen".

In seinem Dienstzimmer angekommen, diktiert er zunächst die bisher vorliegenden Fakten, vor allem die Schilderungen der Oberärztin. Dann ruft er bei der Frau des Geschädigten an.

Sie meldet sich mit „Schäfer, Hofgeismar". Kluthe stellt sich vor, berichtet, dass er vom Klinikum benachrichtigt wurde und ihren Mann auf der Intensivstation gesehen hat. Frau Schäfer bricht am Telefon in Tränen aus, schluchzt immer wieder „Wie konnte das nur passieren?" Kluthe hört zu, versucht, beruhigende Worte loszuwerden, etwas Hoffnung auf die mögliche, jetzt angesetzte Operation zu vermitteln. Dann fragt er, wie es zu dem Hubschraubereinsatz gekommen sei.

„Sebastian hatte vor zwei Tagen, am Mittwochnachmittag, einen dunklen Fleck an der rechten Stirnseite und etwas Blut. Als ich ihn fragte, was das denn sei, sagte er, er hätte sich am Radlader gestoßen. Er hatte dann am Abend und in der Nacht starke Kopfschmerzen und hat mehrere Aspirin genommen. Am Donnerstagmorgen war es dann etwas besser, er war allerdings schlapp und nur noch zweimal auf dem Hof. Das ist ungewöhnlich. Wir haben einen Schrottplatz. Naja, eigentlich macht das alles mein Mann, ich kümmere mich ums Haus, sehe manchmal Kunden und mache das Essen für ihn und unseren Angestellten. Das mit dem Schrotthandel lief viele Jahre nicht so gut, aber seit einiger Zeit haben wir Geld. Das liegt an den steigenden Stahlpreisen, sagt Sebastian."

Kluthe wird etwas ungeduldig und fragt, wie es an dem Tag mit Herrn Schäfer weiterging.

„Ja, entschuldigen Sie, aber wir hatten gerade mal eine gute Phase. Nun, am Nachmittag war er auch sehr müde und hatte wieder stärkere Kopfschmerzen. Manchmal wirkte es, als sei er abwesend. Er geht donnerstags immer in die Sauna, mit Freunden – das hat er abgesagt. Und am Freitag schlief er lange. Das ist ungewöhnlich. Sonst steht er um halb sieben, sieben auf.

Da wurde er gar nicht wach. Ich hab' ihn gerüttelt, da hat er sich aufgesetzt und dann fielen ihm wieder die Augen zu. Da hab' ich Angst gekriegt und wollte den Arzt holen, da hat er kräftig mit dem Kopf geschüttelt. Darüber wurde er ohnmächtig und ich hab' die Notrufnummer gewählt. Ich hab' alles erzählt wie es war und als ich das mit dem Kopf sagte, haben sie gesagt, gleich käme der Hubschrauber, und dann kam er. Ich hab' im Krankenhaus angerufen, dort sagten sie nur, er wäre auf Intensivstation und sie würden Bescheid sagen, wie es ihm geht. Ich bin so aufgeregt und traue mich nicht, allein in die Stadt zu fahren. Meine Schwester, die mitkommen könnte, ist im Urlaub…"

„Hat Ihr Mann denn genauer gesagt, wie es zu der Kopfverletzung gekommen ist, und warum ist er denn nicht von sich aus zum Arzt gegangen?", fragt Kluthe – zwei Fragen auf einmal, vielleicht zuviel…

„Nee, da wollte er nicht mehr sagen drüber, sagte nur, er hätte sich beim Aufrichten gestoßen. Und zum Arzt geht er gar nicht gern. Er ist eigentlich auch nie krank, muss ja auch immer auf dem Hof arbeiten. Das war schon komisch, dass er so schlapp war."

Kluthe berichtet noch einmal kurz von der beabsichtigten Operation, bedankt sich für das Gespräch und beendet es, nachdem er noch versichert hat, dass er Frau Schäfer anruft, falls er etwas Neues hört. Er diktiert eine Zusammenfassung des Gesprächs und beschließt, obwohl es mittlerweile fast 18.30 Uhr ist, noch zum Gartengrundstück zu fahren. Er will mit dem Erdaushub beginnen, und wenn er morgen sehr früh aufsteht, klappt es vielleicht noch mit dem Betonieren. Die „Beton2Go"-Firma hat samstags bis 14 Uhr geöffnet. Vorher muss er zwar den Anhänger zum Transport des Betons abholen, aber es kann gerade noch alles gut gehen.

# 3
(Samstag)

Samstagmorgen, kurz nach 8 Uhr. Peter Kluthe wacht im Schlafzimmer seiner Dreizimmerwohnung auf. Er lebt seit der Trennung von seiner Frau – mittlerweile sind sie auch geschieden – seit fünf Jahren im Kasseler Stadtteil Rothenditmold in einem Sechsfamilienhaus. Der Stadtteil hat eine sehr gemischte Bevölkerungsstruktur, war geprägt durch große Industriebetriebe, und weist jetzt einerseits einige Verfallserscheinungen, andererseits auch spannende neue Entwicklungen auf. Die Wohnung ist in einer ruhigen Seitenstraße, hat einen Balkon und den Vorteil, dass er zumindest bei schönem Wetter in zehn Minuten mit dem Fahrrad zur Arbeit fahren kann. Die Trennung war recht friedlich verlaufen. Er war damals 39, seine Frau Tina zwei Jahre älter, und sie hatten sich, wie sie beide rückblickend feststellen, „auseinander gelebt". Die Kinder waren damals weitestgehend aus der Pubertät hinausgekommen, Vanessa war 18 und Frederick 16 ½ Jahre alt. Beide blieben mit ihrer Mutter im Reihenhaus in Vellmar, einem Kasseler Vorort, wohnen. Dies ist mittlerweile auch abbezahlt. Kluthe hatte sich vor zwei Jahren einen Teil seines Anteils auszahlen lassen und sich mit dem Geld einen Kleingarten am Rande des Bergparks Wilhelmshöhe in einem Grünzug zwischen den Stadtteilen Kirchditmold und Wahlershausen gekauft. Dort hat er die halb verfallene Hütte nach und nach renoviert und ausgebaut. Der Garten liegt in keiner Schrebergartenanlage, was den Vorteil hat, dass es keine Regularien gibt, was wie an Obst und Gemüse angebaut werden muss, wieviel Rasen erlaubt ist und wie groß die Gartenhütte sein darf. Kluthe verbringt oft Zeit „im Garten", wie er es nennt. Das Arbeiten mit den Händen ist für ihn ein guter Ausgleich für die doch oft kopflastige Arbeit im Kommissariat – und man sieht schnell und direkt Erfolge.

Gestern Abend hatte er noch knapp die Hälfte der Fläche für die Grillbodenplatte ausgeschachtet. Das Ganze soll 2 m x 2,50 m groß werden – so dass ein schöner „Männer-Grill", wie ihn viele Kollegen und Freunde haben, darauf passt. Er will jetzt nach der Morgentasse Kaffee wieder raus, den Rest ausschachten und dann mit Freund Joachim und Sohn Frederick den Beton eingießen. Dann, so ist der Plan, trifft er sich gegen 11 Uhr mit Joachim, der den Anhänger besorgen will. Beide wollen darauf gemeinsam zum „Beton2Go"-Händler in Felsberg fahren. Er geht davon aus, dass sie gegen 13 Uhr zurück sind, dann würde Frederick dazukommen. Er war gestern nicht zum frühen Aufstehen und Helfen beim Ausschachten zu bewegen gewesen.

Kluthe trinkt in kleinen Schlucken den heißen Kaffee und berechnet noch einmal die benötigte Betonmenge. In diesem Moment klingelt sein Handy. Er sieht, dass es der Kollege Gündogan ist, das verheißt nichts Gutes. Trotzdem nimmt er das Gespräch an. „Hi, hier ist Hamza, gerade hat das Klinikum bei der Zentrale angerufen und die haben es weitergeleitet. Der Kerl mit dem Nagel im Kopf ist vor etwa zwei Stunden gestorben. Bitte kümmere Dich drum. Bei mir ist die Hölle los, ich hab' heut' Nacht nur zwei Stunden geschlafen. Es gab kurz vor zwölf eine Schießerei an 'ner Imbissbude in der Unteren Königsstraße. Grad' als ich fertig mit dem Vernehmen war, kam die nächste Meldung rein: Schreie und Messerstecherei in einem Bungalow in Nordshausen – die Schutzpolizei wollte mich dabei haben. Jetzt bin ich echt fertig. Du kennst das Ganze mit dem Nagelkopf doch, bitte…" Es kommt selten vor, dass Hamza so deutlich um Hilfe bittet. Kluthe schwankt. Es war alles so gut organisiert. Vielleicht schafft er die Kontakte und Telefonate, so dass er doch noch bis 14 Uhr den Beton holen kann. Vielleicht kann Joachim beim Ausschachten helfen. Schweren Herzens fügt er sich: „Okay, ich übernehm' das."

Er ruft zunächst Joachim an, erklärt ihm die Sachlage – das Betonieren muss, hoffentlich nur um ein paar Stunden, verschoben werden. Anschließend versucht er, jemanden im Klinikum zu erreichen. Nach dreimal Verbinden landet er auf der Station. Frau Dr. Hillenkamp ist nicht im Dienst, aber ein junger Assistenzarzt, der kurz erzählt, dass nach den Notizen in der elektronischen Krankenakte die Operation zunächst gut gelaufen sei – das Objekt wurde entfernt, mögliche Blutgefäße geschlossen. Offensichtlich habe es Nachblutungen gegeben und der Patient sei dann gestorben. Angegebener Todeszeitpunkt 6.45 Uhr. Der Assistenzarzt sagt noch, dass er versucht habe, die Frau des Verstorbenen zu erreichen, es sei zwar jemand ans Telefon gegangen, er habe nur „Klinikum Kassel" gesagt, dann wäre das Gegenüber in hemmungsloses Schluchzen ausgebrochen. Er habe noch sagen können, dass der Patient verstorben ist, es sei jedoch wirklich kein Gespräch möglich gewesen.

Kluthe kann in seiner Funktion als Polizeikommissar die Leiche vorläufig beschlagnahmen und bittet den Arzt, die Leiche auf jeden Fall sicherzustellen. Er wird dann schnellstens bei der Staatsanwaltschaft eine Obduktion anregen; der Staatsanwalt muss dann beim zuständigen Ermittlungsrichter einen Beschluss und die Anordnung der Obduktion beantragen. Nur mit diesem Beschluss kann der Leichnam obduziert werden.

Kluthe holt sein Fahrrad aus dem Keller und legt, bei schönstem Sonnenschein, den kurzen Weg ins Präsidium zurück. Im Flur des Kommissariats begegnet er dem bleichen Hamza Gündogan, der dreimal „Danke" stammelt, dann geht er in sein Zimmer. Sein Büro befindet sich im 4. Stock des Präsidiums. Rechts neben der Bürotür ist ein Schild angebracht, „Peter Kluthe, K11 Gewalt-/Brand-/Waffendelikte". Das Büro ist zweckmäßig möbliert: Arbeitstisch mit PC, Bildschirm, Telefon, Drucker und Büroutensilien. Auf der Fensterbank stehen mehrere prall gefüllte Aktenordner, ein Strafgesetzbuch und eine Strafprozessordnung. Über dem Schreibtisch ist an der Wand eine große Pinwand angebracht. Dort sind viele Zettel mit Notizen und Telefonnummern mit Nadeln befestigt. An der rechten Seite der Pinwand ist außerdem ein postkartengroßes Bild einer Frau in Dessous angebracht mit der Aufschrift „Ich brauche keinen Sex, mich fickt das Leben jeden Tag". Das trifft die Stimmung.

Zunächst versucht Kluthe, den Bereitschaftsstaatsanwalt anzurufen um die Sicherstellung der Leiche offiziell zu veranlassen. Er erreicht nur den Anrufbeantworter, der Ärger steigt: Er selbst muss am freien Tag arbeiten, der Herr Staatsanwalt geht nicht ans Telefon und lässt es sich wohl gut gehen. Nach dreimal Durchatmen spricht er sein Anliegen auf den Anrufbeantworter. Zusätzlich schickt er ihm noch eine E-Mail. Das nächste Telefonat geht nach Hofgeismar: Er will die Ehefrau, jetzt Witwe, des Herrn Schäfer sprechen. Sie nimmt ab und schluchzt laut auf, bevor er irgendetwas sagen kann. Er versucht vier Anläufe, bekommt keinen wirklichen Kontakt zu Frau Schäfer. Dann brüllt er ins Telefon: „Setzen Sie sich aufs Sofa, trinken Sie ein Glas Wasser, ich bin die Polizei und bin in 25 Minuten bei Ihnen". Da kommt ein „Ja, danke" und sie legt auf.

Es nutzt dem Kommissar wenig, dass er nun schon ein zweites Mal für sein Handeln ein „Danke" erntet. Er hat sich den Tag anders vorgestellt und gewünscht, ärgert sich auch über sich selbst, dass er, wie so oft, den Dienst, die Belange anderer, vor die eigenen Interessen und Bedürfnisse stellt. Joachim wird ihm den Kopf waschen.

Joachim Karger war ein Schulkamerad, den er aus den Augen verloren hatte. Im Laufe seiner beruflichen Entwicklung wurde Peter Kluthe vor etwa 20 Jahren nach Offenbach zur Schutzpolizei versetzt, und in dieser Zeit gab es einen Vorfall, der den noch recht jungen Polizisten psychisch sehr belastete: Er war zu einem Raubüberfall auf eine Tankstelle gerufen worden und von den insgesamt vier Polizisten aus den beiden Streifenwagen, die vor Ort eingetroffen waren, wollte keiner vorneweg auf die Tankstelle zugehen, in der der Täter noch vermutet wurde. Kluthe war der Jüngste und letztlich Unerfahrenste der Beamten, die anderen drängten ihn jedoch. Er hatte Angst, wollte dies allerdings nicht zeigen und fühlte sich zudem nicht imstande, dem Druck der Kollegen zu widerstehen. Er ging, gesichert durch die anderen, auf die Tankstelle zu, in diesem Moment kam der Räuber zur Tür heraus. Kluthe rief „Halt, stehen bleiben: Polizei!", woraufhin der Mann – er hatte gerade seine Maske abgezogen – selber auf die Polizisten schoss. Kluthe schoss zurück und traf den Mann so, dass er schwer verletzt wurde und letztendlich querschnittgelähmt blieb. Bei der Schießerei wurde Kluthe nicht verletzt, ein Kollege wurde in den Bauch getroffen und musste lange im Krankenhaus bleiben. Dieser Vorfall hatte Kluthe aus der Bahn geworfen: Die Szenen tauchten immer wieder auf, er hatte Schlafstörungen, Schweißausbrüche, konnte die Dienstpistole nicht tragen. Er fühlte sich unfähig, wieder zum Dienst zu gehen, hatte zugleich Angst, als Schwächling, als Weichei zu gelten. Der Hausarzt gab ihm Tabletten gegen Depressionen. Kluthe ging zum Psychologischen Dienst der Polizei, aber die Kollegen, die damals noch keine explizit psychologische Ausbildung hatten, konnten ihm nicht weiterhelfen. Es gab Ratschläge wie „Wird schon", „Beiß die Zähne zusammen" etc. Er erinnerte sich dann daran, dass sein Schulfreund Joachim Psychologie studieren wollte und recherchierte dessen aktuellen Wohnort und die Telefonnummer, rief ihn an und bat um Hilfe. Joachim war gerade mit dem Studium fertig geworden, arbeitete in einer Psychosomatischen Klinik in Bad Wildungen, in der das damals neue Feld der Trauma-Psychotherapie eine große Bedeutung hatte. Joachim Karger hatte schon einen größeren Abschnitt der entsprechenden beruflichen Weiterbildung absolviert und suchte „Probepatienten", um die neu erlernten spezifischen Techniken auszuprobieren. Auch wenn Psychotherapie mit Bekannten ethisch kritisch gesehen werden kann, behandelte Joachim Karger seinen ehemaligen Freund und dieser konnte seine Symptome relativ schnell abbauen, wurde wieder dienstfähig. Seit dieser Zeit trafen sich Kluthe und Karger zunehmend häufiger, auch weil der Psychologe ebenfalls in Kassel wohnte. Seit der Trennung von seiner Frau hatte dann Peter Kluthe sehr regelmäßigen Kontakt zu Joachim Karger, die Freundschaft wurde immer enger. Und mit Joachim konnte und kann er seine persönlichen Sorgen teilen.

Kluthe geht nach dem Telefonat mit der Frau Schäfer gleich zum Parkplatz, setzt sich in den Dienstwagen und macht sich auf den Weg nach Hofgeismar. Er muss sich sehr beherrschen, damit er seinen Ärger nicht im Straßenverkehr auslebt, die Ausfallstraße in Kassel und dann die Landstraße nach Hofgeismar, die B 83, laden zu schnellem Fahren ein. Er macht fünf Minuten gegenüber der Zielankunftszeit des Navis gut, was seine Laune etwas hebt. In Hofgeismar selbst wird die Sache komplizierter, das Navi hat die Baustelle im Kelzer Weg nicht einkalkuliert, und Kluthes Ärger wird größer. Der Schanzenweg führt am Hofgeismarer Krankenhaus vorbei, scheint dann im Feld zu enden. Der weitere Teil der Straße ist in einem schlechten Zustand, aber man sieht schon von weitem den Schrottplatz mit Türmen alter Autos und einem Kran. Beim Näherkommen macht das Gelände einen eher verwahrlosten Eindruck. Er kommt auf eine Art Hof, linkerhand liegt ein zweigeschossiges Wohnhaus aus den Fünfzigerjahren, das offensichtlich einen neuen Anstrich gebraucht hätte. Die Fenster scheinen allerdings neu zu sein, wie der noch sichtbare Dichtschaum nahelegt. Auf der rechten Seite des teils gepflasterten, teils betonierten Hofes steht eine Art Lagerhalle mit Betonsockel und Holzaufbau, zwei großen Toren und einer kleineren Tür mit zugehörigem Fenster. Gegenüber haben sich schier unübersehbare Berge von alten oder älteren Autos, etwa in vier Reihen übereinander, und anderer Schrottteile und kaum erkennbarer Geräte aufgetürmt. Davor steht ein stabiler Kran auf vier Beinen und etwas, das wie eine Schrottpresse aussieht. Die Vermutung ergibt sich, weil gepresste Metall-Quader an der Seite der Lagerhalle aufgestapelt sind. Schräg hinter dem Wohnhaus steht ein relativ neuer Lkw mit Kran daran. Als Kluthe aus dem Auto steigt, fängt gleich ein ohrenbetäubendes Gebell an: Ein Hund nicht definierbarer Rasse zerrt an seiner Kette, mit der er am Wohnhaus befestigt ist, und begrüßt den Fremden mit weit aufgerissenem Maul.

    In diesem Moment öffnet sich die Haustür, die etwas oberhalb über eine Treppe zu erreichen ist, und eine Frau tritt heraus, sagt „Ruhig Tasso, alles gut", worauf der Hund in der Tat verstummt. Kluthe stellt sich der etwas fülligeren, vielleicht 50-jährigen Frau in Jogging-Kleidung, mit langen blonden Locken und einem sehr verweinten Gesicht mit verlaufenem Make-up vor. „Ich bin Frau Schäfer", sagt diese und beginnt gleich wieder zu schluchzen. Kluthe fragt, ob er hereinkommen kann. Frau Schäfer führt ihn ohne weitere Worte durch den engen und dunklen Flur in das Wohnzimmer. Dieses ist offensichtlich neu renoviert und möbliert: Zusätzlich zu der klassischen 3-2-1-Ledergarnitur gibt es einen Fernsehsessel vor dem Samsung-Großbildschirm und einen modernen Esstisch mit sechs Stühlen. Auch der Fußboden hat offensichtlich ein neues Parkett – noch ohne Gebrauchsspuren – bekommen. Um noch etwas Zeit zu gewinnen, bittet der Kommissar Frau Schäfer um ein Glas Wasser, das sie dann aus der Küche nebenan holt – und gleich halb weinend das Gespräch beginnt:

„Ich versteh das alles nicht. Sebastian war doch gut in Schuss. Wie kann er einfach sterben? Wieso hat er was im Kopf und sagt nix?"

Kluthe versucht, weitere Details zu erfragen: „Wann genau sind denn erstmals die Schmerzen aufgetreten?"

„Das hab' ich Ihnen doch schon alles gesagt. Am Mittwoch kam er so gegen drei nachmittags rein und holte sich ein Pflaster. Da hatte er Blut an der Stirnseite und sagte, er hätte sich am Radlader gestoßen, beim Aufrichten. Er ging dann gleich wieder raus, manchmal sitzt er im Büro, unten in der Halle, macht am Computer rum, ich hab' mir nix dabei gedacht. Na, und abends hatte er starke Kopfschmerzen – auch da hat er nicht weiter drüber geredet. Ach hätte ich nur gleich den Arzt gerufen." Frau Schäfer schlägt die Hände vors Gesicht und weint…

„Wo steht denn der Radlader, kann ich mir das mal anschauen?", fragt Kluthe, der den Eindruck gewinnt, dass er bei der momentanen Verfassung der Witwe keine weiteren und genaueren Informationen von ihr bekommen wird.

„Ja, sicher, der steht in der Halle, ich geb' ihnen den Schlüssel. Soll ich mitkommen? Ach nee, das schaff' ich nicht, das erinnert alles so an Sebastian" – Frau Schäfer geht mit dem Kommissar wieder in den Flur zu einem Schlüsselkasten und händigt einen Schlüsselbund aus.

Kluthe bedankt sich, fragt noch nach dem Hausarzt, damit dieser ein Beruhigungsmittel geben kann. „Das schaff' ich auch nicht, den anzurufen", ist die Antwort. Kluthe lässt sich die Telefonnummer geben, ruft an und hat Glück, dass der Arzt auch Bereitschaftsdienst hat. Als Kluthe sich als Polizist zu erkennen gibt und von der Situation berichtet, erklärt sich der Arzt bereit, zu kommen. Das kann günstig sein, weil Kluthe dann eventuell weitere Information sammeln kann.

Zunächst begibt er sich in Richtung der „Halle". Er verlässt die Haustür, sofort beginnt der Hund wieder zu bellen, was nachlässt, nachdem dies ignoriert wird. Kluthe sucht aus fünf Schlüsseln den richtigen raus, öffnet eines der Hallentore. Dazu benötigt er Kraft: Die Tür quietscht. Der Innenraum ist jetzt durch das Sonnenlicht dürftig beleuchtet, Kluthe sucht an der Wand rechts neben dem Tor nach einem Lichtschalter. Er hat Glück, nach dem Drücken leuchtet eine Neonlampe auf. Zeitgleich hört er raschelnde Geräusche auf dem Boden. Instinktiv zuckt er zusammen, geht in Verteidigungsstellung, aber es sind wohl nur Ratten oder Mäuse. Er ärgert sich, dass er vergessen hat, gleich die Latexhandschuhe anzuziehen, holt dies nach und schaut sich um. Die Halle ist etwa 100 Quadratmeter groß. Direkt am Tor steht der Radlader, ein älteres Volvo-Modell, mit der Schaufel in Richtung des offenen Tores. An der hinteren Wand ist eine Werkbank mit sorgfältig geordneten Werkzeugen, zumeist Metallwerkzeuge. Daneben steht ein Schweißgerät. In der Halle befinden sich noch ein Gabelstabler und diverse Kleinteile und -geräte, die Kluthe nicht richtig zuordnen kann. Er macht zunächst die zweite Hälfte des Tores auf und nimmt noch seine Taschenlampe zu Hilfe, die er in der Jackentasche hat, und beginnt, den Radlader auf mögliche Blutflecken zu untersuchen. Auch bei genauem Hinschauen entdeckt er nichts. Er überlegt, ob er den Radlader noch einmal inspizieren oder möglicherweise in der unüberschaubaren Halle nach anderen Anhaltspunkten weitersuchen soll. Lust hat er keine. So entschließt er sich, zumindest die Werkbank etwas genauer zu betrachten. Die etwa zwei Meter lange Bank aus Holz mit zwei Schraubstöcken ist sauber aufgeräumt, verschiedenste Schraubenschlüssel, Schraubenzieher und Zangen hängen geordnet an der Wand. Neben der Werkbank ist noch ein Regal mit diversen Geräten, wie Bohrmaschinen, Akkuschraubern und Elektrosägen. Die meisten wirken relativ neu. In Augenhöhe befindet sich ein Druckluftnagler, ein echtes Profigerät, an dem Kluthe einen dunklen Fleck entdeckt. Er nimmt ihn vorsichtig aus dem Regal, legt ihn auf die Werkbank und will ihn gerade mit der Taschenlampe genauer untersuchen, als er hört, dass ein Auto auf den Hof fährt. Er lässt den Nagler liegen und geht zum Tor.

Aus dem Auto, ein Audi Q3, steigt ein recht junger Mann mit einer Tasche, ähnlich einem Arztkoffer. Der Hund macht wieder Theater. Kluthe geht auf den Mann zu, gleichzeitig kommt Frau Schäfer aus dem Haus und bringt Tasso wieder zum Schweigen. „Wie gut, dass Sie kommen, Doktor Eckrich, ich kann nicht mehr", ruft sie schon von der Treppe und beginnt wieder, laut zu weinen. Kluthe stellt sich dem Arzt vor, und fragt ob er mit ihm später kurz über den Gestorbenen sprechen könne. „Ja, geht schon, die Schweigepflichtentbindung kann er mir ja nicht mehr geben, die Akten kann ich aber nur nach Beschluss des zuständigen Richters aushändigen." Kluthe ist froh, dass der Hausarzt etwas offener wirkt und begleitet ihn und Frau Schäfer wieder ins Haus. Dort gibt der Hausarzt der Witwe ein Mittel zur Beruhigung und fragt, wen sie denn zur Unterstützung benachrichtigen kann. Frau Schäfer wirkt angesichts der beiden Männer in Funktion jetzt ruhiger, sagt, dass ihre Schwester zwar in Urlaub ist, aber ihre Nichte sei ja noch da. Und dann kommt morgen der Angestellte wieder, der über das Wochenende weg war und auch im Ort wohnt. Arzt und Kommissar drängen Frau Schäfer, Nichte und Angestellten anzurufen. Das erfolgt auch tränenreich, ist jedoch erfolgreich: Die Nichte will am Nachmittag zu ihrer Tante kommen und der Angestellte sichert ebenfalls zu, am Sonntagnachmittag vorbeizuschauen. So scheint erst einmal für die Frau gesorgt. Diese wird auch schläfriger, will sich hinlegen, Kluthe und der Arzt verlassen das Haus.

Auf dem Hof unterhalten sich Dr. Eckrich und Kluthe noch über den Toten. Eckrich betont, dass er Herrn Schäfer kaum kennt, er habe die Praxis erst vor vier Jahren übernommen. Herr Schäfer sei vor etwa einem Jahr zu einem Gesundheitscheck bei ihm gewesen, da waren alle Werte im Normalbereich. Vor etwa vier Monaten war er dann wieder da und hatte eine Geschlechtskrankheit. Er hatte ein „Jucken im Genitalbereich und Schmerzen beim Wasserlassen", das als Chlamydieninfektion diagnostiziert werden konnte. Nach der Einnahme von Antibiotika seien die Symptome verschwunden und das Blutbild vier Wochen nach der ersten Untersuchung hätte keine Auffälligkeiten ergeben. Kluthe bedankt sich für diese Information und sie verabschieden sich.

Der Kommissar kehrt jetzt noch einmal zur Werkbank und zu dem Druckluftnagler zurück – das Gerät wirkt groß genug, um sieben Zentimeter lange Nägel zu verschießen. Jetzt müsste alles in der Halle und wohl auch drumherum genau untersucht werden, Spurensicherung, großes Programm. Kluthe ist am Hadern, vielleicht reicht es, den Nagler einzutüten, am Montag untersuchen zu lassen und die Halle zu versiegeln. Andererseits können in der Zwischenzeit weitere Spuren und Hinweise auf eine mögliche Tötung beseitigt oder verändert werden, das Siegel lässt sich leicht aufbrechen. Vernunft und Pflicht siegen, der Tag ist hin. Er ruft seinen Sohn und Joachim an und sagt die Beton-Aktion ab. Joachim tröstet ihn, will Grillgut und Bier besorgen, sie könnten es sich am Abend ja noch mit dem alten Holzkohlegrill gemütlich machen. Dann ruft er den Bereitschaftsdienst der Spurensicherung an und bittet den Kollegen mit der Wochenendbesetzung nach Hofgeismar zu kommen. Der Kollege ist natürlich auch nicht erfreut über den Einsatz, verspricht aber, bald vorbeizukommen.

Eine Stunde später sind vier Mitglieder der Spurensicherung vor Ort und untersuchen zwei Stunden die Halle und das kleine Büro daneben. Sie bestätigen zunächst, dass es sich bei den dunklen Flecken an dem Druckluftnagler um Blut handelt – ob es das von Herrn Schäfer ist, muss im Labor geklärt werden. Weitere Blutflecken finden sie auf dem Boden des Büros und vor dem Büro in der Gehrichtung zum Haus. Ansonsten erbringt die Suche keine weiteren Ergebnisse oder Hinweise auf das Geschehen. Mittlerweile ist es 16 Uhr, die Spurensicherung fährt zurück nach Kassel. Kluthe schaut noch nach der Witwe, diese schläft aber offenbar immer noch. So fährt er auch nach Kassel ins Präsidium zurück, um die Geschehnisse des Tages zu diktieren.

# 4
(Montag)

Am Montagmorgen steht Peter Kluthe um kurz vor 8 Uhr wieder vor dem Polizeipräsidium und befestigt sein Fahrrad. Um 8.30 Uhr soll die „Montags-Lage" stattfinden, bei der alle im Team auf den Stand der Ereignisse des Wochenendes gebracht und die weiteren Aufgaben verteilt werden.

Das Wochenende war noch recht nett verlaufen, das Grillen am Samstag mit Joachim sorgte für Entspannung, geholfen hatten ein paar Biere. Am Sonntag traf Kluthe sich mit seiner Tochter Vanessa zu einer Radtour, der Fall war in den Hintergrund getreten. Es war für die kommende Woche noch stabil gutes Wetter angesagt und so bestand Hoffnung, die Beton-Aktion an einem der kommenden Spätnachmittage durchzuführen.

Das Polizeipräsidium ist ein groß angelegter Bau über sieben Stockwerke. Insgesamt arbeiten dort etwa 700 Personen – seit dem Bau vor 15 Jahren hatte sich schnell herausgestellt, dass mal wieder zu klein und zu billig geplant worden war. Im Sommer wird es teilweise unerträglich heiß in den Büros, eine Klimaanlage hatte man aus Kostengründen eingespart. Die Büros werden von den Bediensteten mit einer Geflügelkäfighaltung verglichen. Es reiht sich Büro an Büro, in der Mitte schmale, lange Gänge. Im 7. Stock, genannt die Teppichbodenetage, ist die gesamte Führungsriege des Polizeipräsidiums untergebracht. Dort residieren der Polizeipräsident, die Personalabteilung und die Leitung der Kriminaldirektion mit ihren Zuarbeiterinnen. Nach Meinung von Peter Kluthe und vielen anderen ist dort viel zu viel Personal eingesetzt, man hätte viele der dortigen Polizeibeamten mit echter Polizeiarbeit beschäftigen können. Dieser 7. Stock wird von den übrigen Beschäftigten nur ungern aufgesucht, meistens hat es nichts Gutes zu bedeuten, wenn man dorthin einbestellt wird.

Kluthe ist froh, ein Büro in Richtung des Innenhofs des Gebäudes zu haben, die Büros auf dieser Seite sind etwas größer und man hat vom Fenster einen Ausblick auf die Kasseler Nordstadt. Die Fenster der kleineren Büros gegenüber zeigen in Richtung einer tristen Mauer des Kulturbahnhofs – des Kasseler Hauptbahnhofs, der seine ursprüngliche Bedeutung an den Fernbahnhof Kassel-Wilhelmshöhe verloren hat. Im Büro angekommen, checkt er zunächst die eingegangenen E-Mails. Der Bereitschaftsstaatsanwalt hat doch gearbeitet, die Beschlagnahmung der Leiche von Herrn Schäfer und auch gleich die Anordnung der Obduktion beim zuständigen Ermittlungsrichter beantragt und sogar selbst eine entsprechende Nachricht an das Klinikum geschickt. Der Kommissar ruft seinen Chef an, schildert kurz die Sachlage und holt sich die Erlaubnis, einen Termin zur Obduktion bei der Rechtsmedizin vereinbaren zu können. Er hat Glück und erreicht sofort die Rechtsmedizinerin Dr. Sonja Wiedemann. Sie arbeitet seit gut einem Jahr in der rechtsmedizinischen Abteilung des Klinikums und Kluthe hat schon einige Fälle mit ihr bearbeitet. Er findet sie sehr sympathisch und sie entspricht auch noch seinem Bild einer gut aussehenden Frau: etwa 1,75 m groß, schlank, aber nicht zu dünn, braune Augen, längere dunkelblonde Haare, die sie meist zu einem Pferdeschwanz zusammenbindet. Er schätzt, dass sie etwa zwischen 35 und 40 Jahren alt ist. Na, und nett ist sie auch… Beide haben heute allerdings am Telefon keine Zeit zum Flirten, der Obduktionstermin wird für 14 Uhr festgelegt.

Es liegt noch eine E-Mail der Spurensicherung mit dem ersten Bericht vor. Kluthe überfliegt ihn, druckt ihn aus und begibt sich ins Besprechungszimmer.

Die Stimmung in der „Montags-Lage" ist oft angespannt: Ein Teil der Kolleginnen und Kollegen hatte ein gutes Wochenende und daher weniger Lust zu arbeiten, gar neue Fälle vom Wochenende aufgedrückt zu bekommen. Ein anderer Teil hatte ein weniger befriedigendes Wochenende, kommt mit entsprechend schlechter Stimmung an und ist ebenfalls angespannt, was denn jetzt noch aufläuft. Wenigstens funktioniert die Kaffeemaschine. Es ist für den Chef oft nicht einfach, diese Stimmung auszubalancieren.

Er lässt zunächst Hamza Gündogan von den Fällen aus dem Bereitschaftsdienst berichten. Hamza schildert, wie er die Schießerei an der Imbissbude in der Unteren Königsstrasse aufgenommen hat und wie er damit umgegangen ist. Mithilfe der Kollegen des Polizeireviers Kassel Mitte konnte er die zwei leicht verletzten Schützen festnehmen, zunächst vom Rettungsdienst verbinden lassen, vernehmen und in den Polizeigewahrsam im Polizeipräsidium überführen. „Der Staatsanwalt ist informiert, ich bleib dran", schließt er diesen Bericht. Es gibt einige Nachfragen, alle sind aber froh, dass Hamza dranbleibt – es riecht nach viel Nachermittlung, vor allem der Klärung, woher die Waffen kommen. Der zweite Fall in der Nacht zum Samstag, die Messerstecherei in einem Bungalow im Stadtteil Nordshausen, war nervig, weil große Teile der Nacht draufgingen. Sie endete mit einer wechselseitigen Anzeige des Ex-Mannes und des aktuellen Freundes der Bewohnerin des Hauses. Diese Anzeigen waren aufgenommen, und es bleibt Routinearbeit übrig, die Hamza ebenfalls übernehmen will. Die Gesamtstimmung verbessert sich. Gündogan berichtet dann noch von zwei kleineren Ereignissen am Samstag und einem Brand in Baunatal am Sonntag. Hier sind der ältere Bewohner des Hauses und sein Sohn zu Schaden gekommen, sie haben starke Rauchvergiftungen, und es muss noch systematisch nach der Brandursache geforscht werden. Auch hier findet sich schnell ein Zuständiger: Phillip Habedank ist aus dem Überstundenfrei zurück und hat Luft. Zudem passt es: Er hat mehrere Lehrgänge zum Thema Brandaufklärung gemacht und gilt im Team als Spezialist für Brände. Dieter Leonhardt lobt die Kooperationsbereitschaft im Team.

Dann kommt Kluthe an die Reihe. Er erzählt vom bisherigen Verlauf, der Einlieferung von Herrn Schäfer in die Klinik, das Ableben, den Gesprächen mit der Oberärztin und den Ärzten, dem Besuch bei der Witwe, dem Fund des Druckluftnaglers und jetzt aktuell vom Bericht der Spurensicherung. Das Blut am Nagler, im Büro und auf dem Hof stammt eindeutig vom Opfer. Die Kollegen von der Spurensicherung hatten DNA-Spuren des Toten aus dem Wohnhaus mitgenommen und mit den Blutflecken verglichen. Weitere Spuren am Nagler sind vorhanden, aber nicht zuzuordnen. Sonstige Hinweise auf den Verlauf der Tat sind nicht gefunden worden. Am Boden des Büros konnten zwar „Rutschspuren" festgestellt werden, diese sind aber nicht klar zuzuordnen. Die Spurensicherung fand letztlich eine Vielzahl von Fingerabdrücken, die bisher ausgewerteten finden sich in keiner Datei. Das Handy des Opfers wurde noch sichergestellt und ein Kollege versucht aktuell, das Passwort herauszufinden. Leonhardt konstatiert, wenig überraschend, dass die Daten- und Spurenlage „dürftig" sei. Im Team beginnt eine lebhafte Diskussion über mögliche Ursachen und das weitere Vorgehen.

Peter Kluthe ist vorsichtig: „Wir wissen zu wenig. Das kann Selbstmord, ein Unfall oder ein klassisches Tötungsdelikt sein."

Hamza Gündogan widerspricht gleich erregt: „Wie soll das denn gehen? Sich mit 'nem Druckluftnagler umbringen? Das ist doch Unsinn!"

„Wenn Du nicht mehr willst und nichts anderes hast, geht es auch mit dem Nagler" springt Sandra Völz dem Kollegen Kluthe zur Seite.

„Der hatte doch Tripper oder so was. Wo kommt das denn her? Vielleicht gab's Ärger mit der Frau, weil er fremdgegangen ist oder es ist der Mann der Frau, mit der er fremdgegangen ist", bringt sich der ausgeruhte Phillip Habedank ein. „Oder der Freund der Frau vom Schäfer, der sauer ist, weil er sich angesteckt hat", steigt ein weiterer Kollege, Mirko Schulz, ein.

Als bei der Diskussion auf diesem Niveau die Erregung steigt, greift der Chef ein: „Stopp, Leute: Ein bisschen Sachlichkeit! Lasst uns sehen, wie wir an mehr Informationen kommen, und aufteilen, wer sich um was kümmert. Ich hab' keinen Nerv auf die Spekulationen, bevor wir mehr über die Hintergründe und das Leben des Opfers wissen. Ich schlage vor, dass Du, Peter, weiter fallführend bist und bei Dir die Dinge zusammenlaufen. Und ich denke, es ist gut, wenn Du eng mit Sandra zusammenarbeitest, die war ja auch schon im Krankenhaus dabei. Okay?" Als beide nickend zustimmen, fragt er danach, was sie denn vorhaben. Kluthe möchte gern bei der Obduktion dabei sein und will die

Kolleginnen und Kollegen von der Abteilung für die Funkzellenüberwachung informieren und sie bitten, die Telefonate und Textnachrichten des Herrn Schäfer auszuwerten. Außerdem will er sich dranhängen, Weiteres über das Umfeld und das Geschäft herauszubekommen. Sandra Völz will ein weiteres Gespräch mit der Ehefrau führen, vielleicht kann diese sich einer Frau besser öffnen und möglicherweise ist von Frau zu Frau die Sache mit der Geschlechtskrankheit einfacher anzusprechen. Und wenn sie in Hofgeismar ist, kann sie auch mit dem Angestellten sprechen. Der Chef bittet noch den Kollegen Schulz, die beiden zu unterstützen, falls dies nötig ist. Eine nächste Besprechung zum Fall wird für Dienstag, 8.30 Uhr, angesetzt. Und es wird, wie immer, vereinbart, keine Informationen an die Presse herauszugeben.

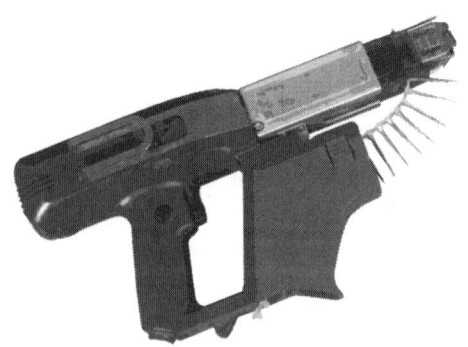

# 5
(Montag)

Sandra Völz fährt mit ihrem Dienstwagen, einem Volvo V 60, den sie mit großer Energie der Verwaltung abgerungen hat, nach Hofgeismar. Sie hatte Frau Schäfer angerufen, die einen relativ ruhigen Eindruck machte und „froh" war, „dass sich die Polizei so um die Sache kümmert". Der ganze Fall erscheint der Hauptkommissarin noch seht rätselhaft, sie hat auch ein wenig Bauchgrummeln, der Witwe gegenüberzutreten. Nach der Beschreibung von Peter Kluthe findet sie den Schrottplatz schnell. Der Hund bellt nicht, er ist gar nicht sichtbar. Dafür stehen drei offensichtlich vor Kurzem abgeladene Autowracks neben dem Kran. Der Lkw ist nicht zu sehen. Die Kommissarin steigt aus dem Auto aus und geht auf das Wohnhaus zu. Dann fängt es doch an zu bellen. Frau Schäfer hat die Tür geöffnet und hält Tasso am Halsband. „Ich hab`mich so allein gefühlt, da hab`ich ihn mir ins Haus geholt. Guten Tag, kommen Sie doch rein. Ich hab`schon mal Kaffee gemacht, ich hoffe, Sie trinken welchen", lautet die Begrüßung. Die beiden Frauen gehen ins Haus, der Hund hat sich beruhigt. Sandra Völz wird auf der Ledercouch platziert und Frau Schäfer holt Kaffee in einer Blümchenkanne mit dem entsprechenden Service aus der Küche.

„Herzliches Beileid", beginnt die Kommissarin das Gespräch, „wie geht es Ihnen denn jetzt?"

„Ein wenig besser, das Beruhigungsmittel hilft, und gestern war meine Nichte da. Wir haben gemeinsam geweint, uns Bilder angeschaut. Heute Morgen war eine Nachbarin da, es hat sich wohl herumgesprochen, dass hier etwas passiert ist, die Leute haben die vielen Autos am Samstag gesehen. Und dann ist der Jakub, Jakub Blaszinsky, wir sagen immer „Blaschke", unser Angestellter, ja gestern auch wiedergekommen. Er war im

Ruhrgebiet bei seiner Verwandtschaft, er kommt ja ursprünglich aus Polen."

„Kann ich ihn nachher sprechen?", fragt Sandra Völz dazwischen, die befürchtet, dass Frau Schäfer jetzt die Herkunftsgeschichte des Angestellten ausbreitet.

„Nein, leider nicht. Er muss mit dem Lastwagen mit Hubkran von einer Werkstatt in Warburg zwei alte Autos holen, das hatten wir versprochen. Er ist grad weg. Wir können doch jetzt nicht alles aufgeben, hat er auch gesagt. Aber ich weiß gar nicht, wie es weitergehen soll. Sehen Sie, da hat vorhin die Spedition drei Autos abgeladen, die müssen ausgenommen und dann gepresst werden. Das hätte mein Mann jetzt gemacht, wie soll alles werden...?" Frau Schäfer fängt wieder an zu weinen, der Hund Tasso jault ein wenig.

Sandra Völz atmet ruhig durch und überlegt fieberhaft, wie sie verhindern kann, dass sie angesichts der fast filmreifen Szene nicht in Lachen ausbricht und zugleich die Witwe so befragen kann, dass diese nicht zu ausufernd wird: „Können Sie mir bitte noch einmal erzählen, was an dem Tag passiert ist, bevor Ihr Mann mit den Kopfschmerzen vom Hof kam?"

„Ich hab` Ihrem netten Kollegen doch schon so viel erzählt. Ich war an dem Nachmittag beim Friseur, wir wollten eigentlich am Sonntag auf der Sababurg gut essen gehen, ach mein Gott, da hab` ich ja gestern gar nicht abgesagt".

„Also haben Sie nicht mitbekommen, ob Ihr Mann Besuch hatte, oder ob jemand auf dem Hof war?"

„Nein, von einem Besuch hab` ich nichts mitbekommen, zumindest nicht, als ich weg war, so zwischen zwei und vier, nach dem Friseur hab` ich noch eingekauft".

„Wie ging es denn Ihrem Mann in der letzten Zeit, gab es etwas Besonderes?", fragt die Kommissarin in der Hoffnung, das Gespräch jetzt besser steuern zu können.

„Nein, eigentlich nicht. Naja, seit etwa zwei Jahren haben wir mehr Geld, steigende Einnahmen. Sebastian hat gesagt, das liegt daran, dass man für Stahl mehr Geld bekommt und auch viele Teile aus den Autos wiederverwertet werden können. Früher waren hier oft Bastler und haben sich Ersatzteile geholt. In den letzten Jahren haben mein Mann und Jakub – er ist schon zehn Jahre bei uns – selber die Autos zerlegt, Verwertbares ausgebaut und verkauft. Jetzt wird das, was Metall ist, gepresst und geht dann mit der Bahn nach Bremerhaven und dann nach China, so hat es mir Sebastian erklärt. Und er hat sich neue Werkzeuge gekauft, die Fenster ersetzen lassen, den Gabelstapler und den Lkw gekauft, mir sogar eine Halskette mit Brillanten und sich selbst eine neue Uhr, für Feiertage, nicht für die Arbeit." Wieder schluchzt die Witwe auf.

„Haben Sie einen Überblick über die Finanzen, die Ein- und Ausgaben, die Kosten?"

„Nein, nicht richtig. Sebastian hat mir Haushaltsgeld gegeben, das war zuletzt großzügig, ich konnte auch was überweisen, hab' die Hauskosten bezahlt. Aber einen vollständigen Überblick habe ich nicht. Wenn Sie wollen, können Sie sich die Bücher anschauen", zeigt sich Frau Schäfer kooperationsbereit.

„Ja, danke, das werden wir in den nächsten Tagen machen, wir müssen ja verstehen, was passiert ist und wie Ihr Mann zu Tode gekommen ist. Haben Sie einen Überblick über Kunden, Geschäftspartner, Freunde? Hatte Ihr Mann Gegner oder gar Feinde?"

„Ja, ich will das auch wissen! Ich kenne nicht alle Kunden, einige schon, auch viele Zulieferer. Soll ich mal eine Liste anfertigen? Vielleicht gibt es auch etwas im Büro, da müssten Sie nachsehen. Feinde? Nee! Sebastian war ein herzensguter Mensch. Er hat, hatte Freunde, ist mal zum Stammtisch und eben regelmäßig in die Sauna gegangen. Das aber auch erst so seit gut einem Jahr."

Für Sandra Völz ergeben sich noch wenige Hinweise, schon gar nicht auf einen möglichen Suizid. Sie spricht mit Frau Schäfer ab, dass am nächsten Tag noch einmal Kollegen vorbeikommen, um das Büro und die Akten gründlich zu durchsuchen, und sie lässt sich schriftlich die Genehmigung geben, die Privat- und Firmenkonten zu überprüfen. Sie muss jetzt noch das heikle Thema der Geschlechtskrankheit des Opfers ansprechen:

„Ging es denn Ihrem Mann in den letzten Monaten seelisch oder körperlich nicht gut?"

„Nee, im Gegenteil. Er war zwar manchmal etwas abwesend, hatte aber viel öfter gute Laune, als vielleicht im letzten oder vorletzten Jahr", antwortet Frau Schäfer.

„Wie war denn Ihre Beziehung zueinander?", tastet sich Sandra Völz heran.

„Na, gut, was denken Sie denn?! Er war nett, hat mir die Kette geschenkt, wir haben uns jeden Abend einen Gute-Nacht-Kuss gegeben, wir waren essen, hatten eigentlich nie Streit. Wir hätten gern Kinder gehabt, das ging leider damals nicht. Aber so haben wir uns miteinander gut arrangiert."

„Darf ich fragen, wie ihre sexuelle Beziehung in der letzten Zeit war?"

„Was hat das denn mit Sebastians Tod zu tun?" – Frau Schäfer wird jetzt laut und klingt ärgerlich. Der Hund Tasso knurrt ein wenig.

„Der Hausarzt hat gesagt, dass Ihr Mann vor etwa vier Monaten eine Geschlechtskrankheit hatte, die dann nach Behandlung verheilt ist. Haben Sie davon etwas mitbekommen?", erklärt die Kommissarin.

„Davon wusste ich nichts. Ja, seit einem halben Jahr etwa schlafen wir kaum noch miteinander. Vielleicht hat er sich das in der Sauna geholt. Da war er immer lange, kam abends erst spät, ich schlief dann immer schon. Aber was soll das mit dem Nagel im Kopf von Sebastian zu tun haben?" Frau Schäfer schwankt zwischen Ärger und Weinen. „Das hätte er mir doch sagen müssen. Vielleicht fragen Sie mal seinen Freund Henner, Heinrich Laumann. Der ist immer dabei, hat Sebastian gesagt."

„Ja, danke, das machen wir. Können Sie mir da noch eine Telefonnummer geben und auch die Handynummer von Ihrem Angestellten, den muss ich unbedingt sprechen."

Frau Schäfer holt ihr Handy, diktiert der Kommissarin die beiden Telefonnummern, und verbunden mit einem lauten Stöhnen sagt sie, dass sie sich auf diese Neuigkeiten erst mal einen Eierlikör gönnen muss. Sandra Völz nutzt diesen Moment, um das Gespräch zu beenden, bedankt sich für die Kooperationsbereitschaft und gibt ihr eine Visitenkarte mit der Bitte, sich zu melden, falls ihr noch etwas einfällt. Zugleich avisiert sie noch einmal die Untersuchung der Büroräume für einen der folgenden Tage.

Draußen auf dem Hof atmet die Kommissarin mehrmals tief durch. Die Gesprächsführung war anstrengend. Es haben sich zwar keine wesentlichen neuen Informationen ergeben, aber es scheint zumindest, als lohne es sich, die „Saunabesuche" genauer zu betrachten, und es sind die Voraussetzungen geschaffen, die finanzielle Situation des Herrn Schäfer zu überprüfen. Sie versucht zunächst den Angestellten Jakub Blaszinsky zu erreichen in der Hoffnung direkt mit ihm sprechen zu können, falls er demnächst auf dem Schrottplatz eintrifft. Es springt nur die Mailbox an, sie bittet ihn zurückzurufen. Sie überlegt kurz, gleich den Freund des Opfers anzurufen, ihn gegebenenfalls auch direkt zu befragen. Gleichzeitig spürt sie Hunger, und so erscheint es verlockender, auf dem Rückweg kurz zuhause in Ihringshausen vorbeizuschauen, ein Brötchen zu essen und Frau und Tochter einen frühen Nachmittagskuss zu geben. Die Büroarbeit und die Bitte an die Fachabteilung für Finanzermittlung kann auch später am Tag erledigt werden.

# 6
(Montag)

Peter Kluthe hat Glück: Es ist möglich, dass um 14 Uhr die Obduktion durchgeführt werden kann. Der Staatsanwalt hat im Eiltempo den nötigen richterlichen Beschluss erwirkt, und sowohl der Leiter des Instituts für Rechtsmedizin, Prof. Dr. Faber, als auch seine so nette Kollegin, Frau Dr. Sonja Wiedemann, haben am Nachmittag Zeit. Er hat am Vormittag die rechtlich nötigen Zustimmungen als Voraussetzung für die Analyse der Telefondaten des Opfers Sebastian Schäfer und die Auswertung der Funkzellen-Einwahlen bekommen. Der Staatsanwalt hat schnell gehandelt, beim zuständigen Richter die Auswertung angeregt und dann einen entsprechenden Beschluss eingeholt. Kluthe konnte die Kollegen der zuständigen Fachabteilungen zur schnellen Mitarbeit motivieren. Mit Mirko Schulz diskutierte er bei einem Kaffee nochmals den Fall – und eigentlich erschien ihm die Suizid-Hypothese auch zunehmend unwahrscheinlicher.

Ein weiteres Mal bahnt sich der Kommissar den Weg durch die autoverstopften Straßen zum Klinikum Kassel. Am Hintereingang gibt es eine Doppeltür, die zur Abteilung für Pathologie führt und an der er klingelt; ein Angestellter der Pathologie öffnet. Nach dem Eingangsbereich betritt Kluthe einen großen Raum, in dem links und rechts Kühlboxen platziert sind: Hinter Kühlschranktüren stapeln sich zweistöckig Aufbewahrungsliegen mit Leichen; es sind alle, die im Klinikum versterben. Kluthe denkt oft: „Die Wahrscheinlichkeit ist groß, dass ich in einer solchen Box ende." Wenn auf dem vom Arzt ausgestellten Leichenschauschein „ungeklärte Todesursache" angekreuzt wird, wird automatisch die Polizei benachrichtigt. Es kommt dann bei Zustimmung der Staatsanwaltschaft zur Beschlagnahmung der Leiche, an der toten Person wird eine entsprechende Karte angebracht, und auch die Kühlbox wird entsprechend gekennzeichnet. Die Beschlagnahmung kann ebenfalls die Polizei anregen, wenn der Verdacht auf ein Tötungsdelikt vorliegt, wie es bei Herrn Schäfer der Fall war.

Von dem Kühlraum geht eine Tür zum Keller der Rechtsmedizin ab. Zur Obduktion werden die Leichen mit einem Fahrstuhl in diese Räume gebracht. Hier gibt es zunächst einen Vorraum, der auch als Besprechungszimmer dient und an den eine kleine Umkleidenische angegliedert ist. Als der Kommissar ankommt, sitzt dort schon die Rechtsmedizinerin Dr. Sonja Wiedemann in Jeans und eng anliegendem T-Shirt. Kluthe ist sehr froh, sie allein zu treffen: „Hey, fein, Sie wiederzusehen, wie war das Wochenende?" Auch Sonja Wiedemann freut sich: „Ja, das ist doch Glanz in unserer Kellerhütte, wir haben uns ja schön länger nicht gesehen. Ich war Schwimmen bei dem schönen Wetter, persönliche Saisoneröffnung an der Fulda bei Guxhagen. Es war doch noch ziemlich kalt, aber ich war mit dem Rad gefahren, und so hat die Abkühlung gut getan". Kluthe wüsste gern, ob sie dabei allein war, traut sich aber nicht dies zu fragen. Jetzt betreten auch kurz hintereinander der Leiter des Instituts für Rechtsmedizin, Professor Dr. Faber, und der Präparator den kleinen Raum, das vorgeschriebene Obduktionsteam ist jetzt vollzählig. Kluthe rückt zu Sonja Wiedemann auf und berührt dabei halb zufällig, halb beabsichtigt mit seinem Unterarm – er trägt ein kurzärmliges Hemd – ihren Unterarm. Sie zuckt nicht zurück und zieht den Arm auch nicht gleich weg. Ihn befällt ein wohliger Schauer, ja, er spürt kurz eine Gänsehaut.

Faber waltet jetzt seines Amtes als Leiter der Obduktion und bittet den Kommissar, kurz über den Fall zu berichten und weist den Präparator an, Kaffee zu kochen. Der Leiter des Instituts für Rechtsmedizin, Ende 50 und oft herrisch, überlässt zumeist die Obduktionen am Nachmittag seiner Fachkollegin. Es hat sich allerdings wohl herumgesprochen, dass der Fall wegen des Nagels im Kopf spektakulär ist und so ist er höchstselbst erschienen und hat den Assistenzarzt der Pathologie, der eine seiner Pfichtobduktionen mitmachen wollte, nach Hause geschickt. Als verantwortlicher Ermittler macht Kluthe eine Kurzzusammenfassung der vorliegenden Fakten sowie Erkenntnisse der Spurensicherung, überreicht ein Duplikat der Ermittlungsakte mit den Fotos vom Leichenfundort, vom Druckluftnagler und betont, dass die Informationen aus dem Krankenhaus noch fehlen. Hier gäbe es Vorbehalte seitens des Klinikums, die Patientendaten weiterzugeben – die Staatsanwaltschaft würde sich kümmern und will einen richterlichen Beschluss zur Herausgabe der Krankenakte erwirken. Er bittet mit sanfter Stimme, intensiv nach Anzeichen für ein Gewaltverbrechen zu suchen. „Das ist doch klar, da müssen Sie uns nicht noch belehren. Wir wissen, worauf es ankommt", antwortet Faber. Kluthe schaut Sonja Wiedemann in die Augen – das beruhigt – und denkt, dass dem Herrn Professor wohl der Mittagsschlaf fehlt. Er hofft, dass sich dessen Laune noch bessern wird.

Die vier Personen ziehen sich um und gehen in den nebenan liegenden Sektionsraum. Trotz ständig laufender Abluftanlage riecht der Raum immer ein wenig nach Leiche oder Verwesung. Die Leistung der Anlage ist nicht ausreichend. Wenn „faule" Leichen vom Tag vorher nicht richtig sauber gemacht wurden, dann bleiben auch Fliegen oder Maden im Raum. Kluthe kann sich trotz vieler Obduktionen an den Geruch nicht gewöhnen. Ärgerlich ist es auch, dass die Kleidung immer gewaschen werden muss, sofort, sobald er nach Hause kommt. Das war übrigens ein Streitpunkt in seiner Ehe. Seine Frau ekelte sich vor dem Gestank, er musste hingegen fast jede Woche bei zwei Obduktionen zugegen sein. Er zog sich zuhause im Duschraum im Keller um, duschte sich, steckte die Kleidung gleich in die Waschmaschine und dennoch rümpfte die Ehefrau im Wortsinne die Nase und machte Vorwürfe, dass er „schlecht rieche."

Der Sektionsraum ist etwa zwanzig Quadratmeter groß: Boden, Wände, Decke sind voll gekachelt. An einer Wand befinden sich Waschbecken und Spülbecken, ein Desinfektionsbehälter hängt an der Wand, darunter stehen Metallschränke mit den Obduktionswerkzeugen. Auf einem Beistelltisch steht eine Waage zum Wiegen der Organe. An der gegenüberliegenden Wand hängt ein großes Whiteboard mit Abbildungen vom Menschen, einer Skizze von Vorderseite und Rückseite. Daneben sind alle menschlichen Organe von oben nach unten, vom Gehirn bis zur Blase, aufgelistet. Auf dem Whiteboard werden mit entsprechendem Schreiber alle Notizen und Anmerkungen sowie das Gewicht der Organe eingetragen. In der Mitte des Raumes steht der Sektionstisch aus Metall, mit Abfluss und Siphon, damit die Körperflüssigkeiten abfließen können. Dabei hilft eine Brause zum Spülen. Am Ende des Tisches hängt ein großes Waschbecken, das ständig von einem Schlauch mit Wasser befüllt wird, es besteht ständiger Überlauf. Darin werden die Organe gewaschen, wenn sie herausgenommen werden, damit sie dann sauber zum weiteren Untersuchen sind. Neben dem Waschbecken steht ein kleiner Tisch, auf dem die Organe seziert werden, beleuchtet von einer sehr hellen Lampe

Die Leiche von Herrn Schäfer liegt noch auf dem Rollwagen neben dem Sektionstisch in einem Plastiksack, der Präparator und Kluthe lagern sie um auf den Tisch und entfernen den Sack sowie das Krankenhaushemd, das Herr Schäfer noch trägt. Am großen Zeh des linken Fußes hängt ein Zettel mit Name und Geburtsdatum an einem kleinen Faden. Aus dem Leichensack fällt der Nagel aus dem Kopf des Toten, verpackt in einen einfachen Plastikbeutel.

Der Ablauf jeder Obduktion verläuft gleich und ist nach der Strafprozessordnung vorgeschrieben. Bei jedem Toten werden alle Untersuchungen in einer klar festgelegten Reihenfolge durchgeführt. Zunächst werden Fotos von der entkleideten Leiche gemacht. Danach diktiert der oder die leitende Rechtsmedizinerin die Erkenntnisse der einzelnen Untersuchungsschritte. Dabei erfolgt zuerst eine sehr sorgfältige äußere Besichtigung, die oft länger als eine Stunde dauert, es wird jedes sichtbare äußere Zeichen, jeder Leberfleck, jede Tätowierung dokumentiert. Die Besichtigung beginnt am Kopf, mit der Beschreibung des circa fünf Zentimeter langen, leicht ergrauten Haupthaares des Herrn Schäfer. Äußerlich finden sich an der rechten Schläfe

Verkrustungen an der Eintrittsstelle des Objekts, Augen und Pupillen sind leicht erweitert. Auch dies wird fotografiert. Einblutungen an Bindehäuten lassen sich nicht feststellen, ebenso scheinen Nase, Mund, Zähne, Ohren unauffällig – abgesehen von dem Tubus nach der Beatmung im Mund, der ebenso wie die Venenzugänge wegen der Beschlagnahmung der Leiche nicht entfernt werden durfte. Auffällig sind allerdings Hämatome an beiden Oberarmen und im oberen Bereich der Brust. Diese werden später seziert und mikroskopisch analysiert. Auch hiervon werden Fotos angefertigt. Drei Fingernägel der rechten Hand sind stark eingerissen, sie werden auf weitere Spuren mit der Lupe betrachte. Auf den ersten Blick findet sich nichts, der (tote) Körper war sehr gut im Krankenhaus oder vorher gewaschen worden. Bei der Betrachtung des Unterkörpers wird der Penis dahingehend besonders genau inspiziert, ob sich noch äußerliche Anzeichen der Geschlechtskrankheit finden, doch dies bleibt ohne Befund. Der Tote wird nun gedreht und es erfolgt die Inspektion des Rückens. Hier finden sich oberhalb beider Nieren gleichfalls Hämatome.

Kluthe und der Präparator drehen die Leiche jetzt wieder auf den Rücken. Professor Faber gibt dem Präparator das Okay, die Kopfhaut aufzuschneiden, den Skalp vorne über das Gesicht wegzuklappen und den Schädel aufzusägen. Der Präparator nimmt eine kleine elektrische Säge und schneidet den Schädel kreisrund auf, die „Haube" wird abgenommen und der gesamte Schädel auf Bruchlinien untersucht – es finden sich keine. Kluthe hat kurz den Raum verlassen. Er hat gelesen, dass durch das Sägen mit der Motorsäge zu viel Knochenstaub entsteht, der schädlich sei. Faber brummelt „Weichei". Das Gehirn wird dann von der assistierenden Rechtsmedizinerin herauspräpariert, die Gehirnhaut abgezogen und dann im Ganzen herausgenommen und in eine Schale gelegt. Der Professor legt keine Hand an, inspiziert aber schon einmal den äußeren Zustand und gibt die Schale dann an Kluthe, der das Organ wiegen „darf".

Sonja Wiedemann macht dann den üblichen Ypsilon-Schnitt von den Schultern, mittig bis zum Bauchnabel. Nach und nach werden Brustbereich und Bauch mit dem Skalpell säuberlich geöffnet, bis alle Brust-und Bauchorgane freiliegen. Der Präparator durchschneidet die Rippen mit einer handelsüblichen Gartenschere. Danach werden Muskel- und Fettgewebe im Brust- und Bauchbereich gemessen und im Folgenden sorgfältig alle inneren Organe von der Lunge über Herz, Milz und Leber bis zum Darm herauspräpariert, gewaschen und gewogen. Besonders sorgfältig werden das Herz sowie die zu- und abführenden Gefäße analysiert; die Rechtsmedizinerin schneidet es auf, misst es insgesamt sowie die Dicke der Kammerwände und betrachtet den Zustand der Aortenklappe. Der Kommissar hat jetzt die Rolle, die Gewichte der Organe und alle weiteren Befunde auf dem Whiteboard zu notieren. Der Professor legt selbst immer noch keine Hand an, befundet und diktiert.

Spektakulär findet Kluthe immer wieder das Entfernen des „Brustpakets": Lungenflügel, Luftröhre, Speiseröhre und Zunge werden im oberen Bereich abgetrennt und dann im Ganzen, als ein Paket, nach unten herausgenommen. Am unschönsten ist das Abtrennen und Reinigen des Darms, dies wird dem Präparator überlassen. Die Rechtsmedizinerin „darf" den gesäuberten Darm dann nach Rückständen, zum Beispiel Tablettenresten untersuchen. Alle Organe werden im Einzelnen noch einmal von der Rechtsmedizinerin und ihrem Chef genau betrachtet und es werden Schnitte angefertigt. Zudem werden, soweit möglich, Detail-Blutproben vor allem im Herz genommen. Die auffälligen Stellen an der Haut, an den Armen, auf der Brust und am Rücken werden gesondert herausgeschnitten und sollen später mikroskopisch untersucht werden. Von allen Organen werden briefmarkengroße Proben genommen und gleichfalls später feingeweblich und toxikologisch analysiert, bevor sie in Formalin eingelegt werden, um sie zehn Jahre aufzubewahren.

Bei jedem einzelnen, auch kleinen Befund wird der Ermittler vom Leiter der Untersuchung und der Rechtsmedizinerin hinzugezogen, auch wenn keine Auffälligkeiten bestehen. Bei Herrn Schäfer werden eine leichte Fettleber, durch die Herzuntersuchung eine leichte Arteriosklerose festgestellt, die aber nicht so einschränkend war, dass kein ausreichender Durchfluss bestand. Bei der Leiche sind also außer den Hämatomen und den Schädigungen im Gehirn zum jetzigen Zeitpunkt keine Auffälligkeiten festzustellen, die eine Todesursache darstellen können. Der Professor macht das Enddiktat der Obduktion und stellt den vorläufigen Gesamtbefund, dass die Blutungen im Gehirn, hervorgerufen durch das eingedrungene Objekt, ein subdurales Hämatom, also eine Blutung im Gehirn, verursachten. Dadurch wurde der Gehirndruck nach und nach so erhöht, dass die Funktionsweise zusammenbrach und es zum kompletten Organversagen kam. Die Hämatome an beiden Armen, Brust und unterem Rückenbereich weisen auf starke Außeneinwirkungen hin, sind mit der Schilderung der bisherigen Ermittlungen nicht zu vereinbaren. Dann verlässt er mit den Worten „Ist doch jetzt klarer, hat die Polizei was zu tun. Es ist warm und hell draußen, ich fahre schnell nach Wilhelmshöhe und spiele noch 'ne kleine Runde Golf, schönen Tag noch" den Sektionsraum.

Die anderen drei Personen im Raum stöhnen halb genervt, halb verärgert auf und räumen auf: Die herausgenommenen Organe, auch das Gehirn, werden in den Bauchraum des Toten verstaut, „dem Leichnam zurückgegeben". Die ganze Obduktion hat jetzt fast drei Stunden gedauert.

Später wird der Präparator – das ist übrigens ein Lehrberuf, wie Kluthe gelernt hat – den Leichnam waschen und in solch eine Form bringen, dass die Angehörigen gut Abschied nehmen können. Der Körper des Leichnams wird säuberlich zugenäht, der Deckel wieder auf den Schädel gesetzt sowie befestigt und der Skalp wird wieder richtig platziert. Aus Ersatzstoffen, meist Pappe, wird eine Luftröhre geformt und aus Geweberesten eine Zunge gebildet. Viele Leichen sehen nach der Obduktion besser aus als vorher, sinniert Kluthe. Die Leiche kommt dann wieder in den Leichensack, in den Fahrstuhl und wird oben im „Zweizimmerappartement" abgelegt.

Sonja Wiedemann und Kluthe verlassen gemeinsam den Sektionsraum. Im wörtlichen Sinn: In der Tür stoßen sie zusammen und es gibt wieder eine Berührung. Kluthe bekommt ein wenig einen roten Kopf, überlegt, wie er das auflösen soll. „Na, wollen wir beide schnell raus, zusammen ist ein guter Versuch", löst die Ärztin die Situation auf. Peter Kluthe würde sich nicht als schüchtern bezeichnen, aber das Interesse an der Frau, das er zunehmend spürt, verunsichert ihn selbst. Und er will doch den Kontakt weiterführen. „Hast Du, äh, haben Sie noch Lust auf 'nen Kaffee draußen?", macht er einen Versuch. „Nein, ich hab' nachher um 19 Uhr Yoga, und da muss ich vorher noch heim, duschen, die Yogasachen holen, und danach bin ich meist zu müde für irgendwas", antwortet sie. Schade, denkt der Kommissar. Aber dann: „Wenn Sie Lust und Zeit haben, können wir ja morgen Abend in 'nen Biergarten, vielleicht zu Lohmanns", bietet Sonja Wiedemann an. Kluthe bekommt wieder einen roten Kopf, so kennt er sich nicht, das war mit 14 Jahren so, aber jetzt!? „Ja gern, klar, gern", stammelt er. Dann fällt ihm ein, dass im Lohmanns oft Kollegen und Kolleginnen aus den Kommissariaten sind, und eigentlich will er sich nicht sehen lassen und für Redestoff sorgen. „Wie wär's mit dem Brauhaus Rammelsberg, da ist es ruhiger", schlägt er vor. „Fein, so um halb acht?" „Ich bestell 'nen Tisch, freue mich." „So, jetzt ziehe ich mich um, tschüss – bis morgen Abend", lässt Sonja Wiedemann dann den Kommissar stehen und geht in den Umzugsraum. Kluthe ist ein wenig perplex, aber die gute Laune beginnt ihn zu durchfluten, und mit einem fröhlichen „Tschüssi" verlässt er die Räume der Rechtsmedizin.

Er begibt sich dann ins Polizeipräsidium, der Verkehr interessiert ihn nicht. In seinem Büro diktiert er einen Vermerk über das vorläufige Ergebnis der Obduktion, der sich mit den zusammenfassenden Schlusssätzen des Professor Faber deckt. Der Tod ist durch den Fremdkörper im Gehirn und die dadurch verursachte Blutung bedingt. Zusätzlich finden sich Hinweise auf äußere Gewalteinwirkung auf den Körper aufgrund der Hämatome an Armen, Brust und Rücken. Er beschreibt noch einmal genau den Nagel, den er mit in Gewahrsam genommen hat, und verweist darauf, dass das Institut für Rechtsmedizin weitere hämatologische und toxikologische Untersuchungen vornimmt. Er schließt, dass es nach dem jetzigen Stand keine Einwände gegen eine Freigabe der Leiche und eine Feuerbestattung gäbe.

Dann fährt er mit dem Fahrrad nach Hause. Duschen!

# 7
## (Dienstag)

Kluthe wacht am Dienstag um 5.30 Uhr auf, kann nicht mehr einschlafen. Er ist gestern Abend nochmals in seinen „Garten" gefahren, hat im Häuschen aufgeräumt und dann noch weiter den Grillplatz ausgeschachtet. Bis es dunkel wurde waren zwei Drittel geschafft. Er wollte erst auf dem Schlafsofa in der Hütte nächtigen, hat sich aber dann für den besseren Komfort in der Wohnung entschieden. Jetzt verspürt er Rückenschmerzen nach der Gartenarbeit, ist zugleich aufgeregt bei dem Gedanken an das Abendessen mit Sonja Wiedemann. Seine Gedanken sind gefangen von ihr.

Nach vergeblichen Einschlafversuchen steht er um 6.30 Uhr auf und ist entsprechend früh an der Arbeit. Er checkt die Mails, liest sich seine Notizen zum Fall Schäfer nochmals durch. Er merkt, dass er für sich noch keine Orientierung findet, wie das Ganze abgelaufen sein könnte. In den E-Mails waren erste Auswertungen der Telefonkontakte und Textnachrichten aus dem Handy von Herrn Schäfer; die Nummern müssen überprüft werden. Um 8.30 Uhr ist wieder eine Teambesprechung der unmittelbar beteiligten Kommissariatsmitglieder anberaumt, um die Informationen auszutauschen und die weitere Strategie abzusprechen.

An dieser Besprechung nehmen Peter Kluthe, Sandra Völz, Mirko Schulz und Hamza Gündogan teil. Kluthe leitet als Fallführender die Sitzung, da der Chef nicht anwesend ist, der zu einer kurzfristig einberufenen Führungsrunde beim Polizeipräsidenten musste. Zunächst schildert Sandra Völz das Gespräch mit der Ehefrau des Opfers, wobei sie deutlich ihr Erstaunen über die Rollenverteilung des Paares Schafer und über die Naivität von Frau Schäter zeigt: „Das ist doch heutzutage kaum zu glauben, dass die Frau so wenig von den Geschäften weiß und sich in die

Rolle der Hausfrau fügt, obwohl das ganze Geschäft vor der Haustür abläuft. Was macht sie selbst aus, welche eigenen Interessen hat sie? Wieso weiß sie überhaupt so wenig von ihrem Mann?" Mirko Schulz, der gestern nicht am Fall arbeiten konnte, weil er akut zu zwei „nicht natürlichen" Todesfällen gerufen worden war, die sich dann als gemeinschaftlicher Suizid eines älteren Paares mit Tabletten herausstellten, springt auf Sandras Fragen ein: „Wieso muss die Rolle als treu sorgende Hausfrau schlecht sein? Wenn beide damit zufrieden sind, kann man doch gut so leben." Kluthe stoppt die aufkommende Grundsatzdiskussion über Geschlechterrollenverteilungen und berichtet seinerseits von der Obduktion, vor allem den festgestellten Hämatomen an Armen, Brust und Rücken. Es herrscht sehr schnell Einigkeit, dass Herr Schäfer wahrscheinlich vor oder im Zusammenhang mit dem Schuss aus dem Druckluftnagler eine körperliche Auseinandersetzung mit einer anderen Person hatte. Die Hypothese des Suizids wird, auch aufgrund der Schilderungen von Frau Schäfer, erst einmal verworfen. Auch ein Unfall erscheint sehr unwahrscheinlich – warum hätte Schäfer sich dann nicht gleich Hilfe geholt oder hätte den Arzt benachrichtigt?

„Was wissen wir denn nun?", versucht Kluthe den bisherigen Erkenntnisstand zusammenzufassen:

„Herr Schäfer ist letztlich durch den Nagel aus dem Druckluftnagler zu Tode gekommen – die Kollegen von der Kriminaltechnischen Untersuchungsabteilung (KTU) prüfen noch, ob der Nagel auch wirklich aus dem gefundenen Gerät stammt, die Wahrscheinlichkeit dafür ist sehr hoch.

Es gibt Blutspuren des Opfers im Büro, in der Werkstatt und auf dem Hof – so ist zunächst davon auszugehen, dass in diesen Räumen der ‚Nagelschuss' auf den Schrotthändler erfolgte. Es ist völlig unklar, wer an der wahrscheinlichen körperlichen Auseinandersetzung beteiligt war.

Die Beziehung zwischen Herrn und Frau Schäfer scheint weitestgehend intakt gewesen zu sein. Herr Schäfer hatte eine Geschlechtskrankheit – es ist unklar, wie diese zustande gekommen ist."

Dieses Thema beflügelt sofort wieder die Phantasien der männlichen Kollegen: „Ach Du je, wie kommt denn eine Geschlechtskrankheit zustande? Wahrscheinlich durchs Rasenmähen", unkt Hamza Gündogan. Mirko Schulz wird konkreter: „Der vögelt mit anderen Frauen, einer der Männer ist ihm auf die Schliche gekommen, hat ihn gestellt, ihm den Nagler an den Kopf gehalten, dann ist der losgegangen". Auch Sandra Völz hat eine Theorie: „Es kann doch auch die Frau fremd gegangen sein, er hat sich angesteckt, es war ihm peinlich, deshalb hat er das nicht angesprochen." „Und dann hat der Stecher der Frau den Schäfer umgebracht, oder was? Ist doch Unsinn. Wie ihr die Schäfer schildert ist sie die brave und treue, vielleicht treudoofe Hausfrau", wirft Hamza ein.

„Leute, wir spekulieren wild rum und haben zu wenige Fakten", stoppt Peter Kluthe die Diskussion und beschreibt dann die vielen offenen und unklaren Sachverhalte: „Wir wissen nichts über die Geschäfte, haben noch keinen Kontakt zu dem Angestellten und wissen auch nix über das sonstige Lebensumfeld, müssen zum Beispiel mit dem Freund Schäfers, dem Herrn Laumann sprechen. Und wir müssen die Telefondaten detailliert auswerten. Es gibt einige Nummern, die tauchen regelmäßig auf, die sollten wir als Erstes checken. Lasst uns das verteilen, gibt es Wünsche?"

Das Team einigt sich, dass Hamza Gündogan die Telefonnummern und sonstigen Handykontakte, SMS und Whatsapp, checkt und zunächst die am häufigsten auftauchenden Nummern zu erreichen versucht. Mirko Schulz will ihn dabei unterstützen. Sandra Völz erklärt sich bereit, nochmals nach Hofgeismar zu fahren um mit Frau Schäfer über die letzten Tage des Opfers zu sprechen und vor allem ein Gespräch mit dem Angestellten zu führen. Sie will ihn dazu vorher anrufen und einen festen Termin ausmachen, damit er nicht ausweicht. Peter Kluthe will versuchen, über den Staatsanwalt einen richterlichen Beschluss zur Analyse der Bank- und Finanzdaten zu erwirken und die Kolleginnen vom dafür zuständigen Kommissariat zu überzeugen, dass sie sich mit der Sache befassen. Er will zudem einen Kontakt mit dem besten Freund des Opfers, Heinrich Laumann, herstellen und ihn möglichst treffen. Und außerdem muss er noch eine sorgfältige Durchsuchung des Büros und der Geschäftsakten organisieren und dafür eine Gruppe der Kollegen und Kolleginnen von der KTU aktivieren.

Das Team verabredet sich für den nächsten Tag, 8.30 Uhr.

# 8
(Dienstag)

Hamza Gündogan brütet über der Liste der Handydaten und der Festnetztelefonnummern des Herrn Schäfer, Mirko Schulz über denen der digitalen sozialen Netzwerke und der SMS. Die Listen sind ausgedruckt, das Computerprogramm, das einen Vergleich von Nummern und eine Häufigkeitsauswertung von Telefonnummern ermöglicht, ist seit drei Wochen „in Wartung", es hatte zu viele Totalabstürze bei Endnutzern verursacht. Beide Kommissare schimpfen leise vor sich hin: „Für so 'ne stumpfsinnige Arbeit sind wir zu gut bezahlt" (Schulz), „Das kann mein zehnjähriger Sohn" (Gündogan).

Nach und nach entdecken beide jedoch Systematiken. Hamza Gündogan stellt eine Liste von insgesamt fünf Nummern auf, die in den letzten zwei Wochen vor allem vom Handy sehr häufig gewählt wurden und die sich auch bei den Anrufen oft finden. Die eine ist schnell als die private Festnetznummer identifiziert, die andere die Handynummer des Angestellten Blaszinsky.

Mirko Schulz, der die Textnachrichten auswertet, wird ebenfalls fündig: Mit den Worten „Bei den SMS ist Liebesgeflüster, kurz vorm schriftlichen Telefonsex, hier schau mal", zeigt er dem Kollegen Hamza zwei Nachrichten: (eingehend) „Ich vermisse Dich und Deinen Körper, ich will, dass Du mich wieder zum Explodieren bringst", (ausgehend / Antwort) „Oooh ja, ich streichele Dich und komme in Dir".

Die Telefonnummer der SMS stimmt mit einer aus Gündogans Liste überein, „Wir kommen der Geliebten auf die Spur", stellt er fest. Die beiden Kommissare knobeln, wer dort anrufen darf, Mirko Schulz gewinnt und wahlt die Nummer.

„Heike Richter"

„Guten Tag, hier ist Mirko Schulz von der Kripo Kassel, wir ermitteln in einem Todesfall und sind dabei auf Ihre Telefonnummer gestoßen."

„Können sie belegen, dass Sie von der Polizei sind?"

„Rufen Sie mich über die Zentrale im Polizeipräsidium Kassel an und lassen Sie sich mit mir verbinden."

Kurze Zeit später wird das Telefonat fortgesetzt.

Mirko Schulz erklärt, dass er im Todesfall Sebastian Schäfer ermittelt und fragt, ob Frau Richter den Toten kennt.

Es ist spürbar, dass Frau Richter mit den Tränen kämpft: „Ja, ich kenne ihn, gut, sehr gut. Er hatte mir ein Treffen abgesagt. Und es hat sich herumgesprochen, dass er im Krankenhaus war und dort gestorben ist."

„In welcher Weise standen Sie zu ihm, wie gut kannten Sie Herrn Schäfer?"

„Ach, er ist tot, ich will nicht herumreden: Wir hatten eine Liebesbeziehung, so seit 18 Monaten." Frau Richter weint jetzt deutlich hörbar.

„Wie haben Sie sich kennengelernt und wie oft haben Sie sich getroffen?"

„Na, wir kommen aus Nachbarorten und sind ganz früher gemeinsam in die Realschule in Hofgeismar gegangen und waren kurze Zeit ein Liebespaar. Wir haben uns dann, vor etwa eineinhalb Jahren, in der Sauna in der Märchenlandtherme in Breuna wieder getroffen. Sebastian war mit einem Freund und ich mit einer Freundin da. Und wir haben uns gut unterhalten, eine Woche später wieder in der Sauna in Breuna gesehen und dann haben wir uns bald regelmäßig donnerstags getroffen. Jeden Donnerstag, wenn das möglich war. Sebastian ist ja verheiratet, ich auch, aber wir sind so richtig aufeinander abgefahren."

„Wir wissen, dass bei Herrn Schäfer eine Geschlechtskrankheit festgestellt wurde. Haben Sie davon etwas mitbekommen oder hatte Sie auch entsprechende Symptome?"

„Das ist jetzt ganz peinlich. Wir waren einmal in einem Swingerklub, ich wollte nicht so recht, aber Sebastian. Letztlich war es auch doof und wir hatten dann eine kleine Krise. Und wir haben uns beide wahrscheinlich da die Geschlechtskrankheit geholt."

„Wussten ihre Ehepartner von der Beziehung?"

„Um Gottes Willen. Mein Mann ist sehr eifersüchtig, manchmal auch impulsiv. Der hätte sich getrennt oder mir zumindest das Leben zur Hölle gemacht. Und Sebastian, der hing auch an seiner Frau. Wir hatten unseren Spaß miteinander, hatten keine Ideen, die Ehen aufzugeben, ich hab' auch zwei erwachsene Kinder, denen wollte ich die Trennung nicht zumuten. Bitte sagen Sie meinem Mann und Sebastians Frau bloß nix, wenn es sich irgendwie vermeiden lässt."

„Das kann ich gegenwärtig nicht versprechen. Kann es sein, dass Ihr Mann doch etwas mitbekommen hat?"

„Ich glaube es nicht. Allerdings hat er mich in den letzten Wochen immer deutlicher ausgefragt, wie es denn genau am Donnerstag in der Sauna war, ob ich jemanden getroffen habe, einmal, warum ich später als sonst heimkomme. Er wirkte misstrauischer. Ich hab' dann noch besser auf mein Handy aufgepasst. Aber direkt gefragt, ob ich was mit jemand anderem hab', hat er nicht."

„Kannte er denn Herrn Schäfer?"

„Das kann schon sein. Mein Mann bastelt gern an Autos und hat sich immer mal Ersatzteile vom Schrottplatz geholt. Daher könnte er ihn gekannt haben. Mein Mann ist zehn Jahre älter als ich, von früher weiß er nichts."

Mirko Schulz bedankt sich für das Telefonat, lässt sich noch die persönlichen Daten von Frau Richter und auch die Telefonnummer des Ehemannes geben und bittet sie, ihn zu kontaktieren, falls ihr noch etwas im Zusammenhang mit dem Tod Schäfers einfiele.

Schulz berichtet dem Kollegen vom Telefonat. Für beide wird die Möglichkeit wahrscheinlicher, dass Herr Richter etwas von der Beziehung zwischen seiner Frau und dem Opfer mitbekommen hat und Herrn Schäfer zur Rechenschaft gezogen hat.

Die Kommissare teilen sich anschließend die übrigen Telefonnummern auf Gündogans Liste auf. Eine gehört Schäfers Freund, Heinrich Laumann – mit dem wollte Peter Kluthe sprechen, so dass dieser Kontakt nicht weiter verfolgt werden muss. Bei der anderen Nummer meldet sich auch nach mehreren Versuchen niemand, es gibt auch keinen Anrufbeantworter. Es handelt sich um eine Handynummer, und Hamza Gündogan will sich um die Feststellung des „Besitzers" dieser Nummer kümmern.

Mirko Schulz war noch eine weitere Textnachricht aufgefallen, die, in der Schäfer direkt bedroht wird: „Wenn Du mir das Geld für die Achsschenkel nicht bis Mittwoch überwiesen hast, gibt es großen Ärger." Diese SMS war bei dem Interesse an der Liebesgeschichte fast untergegangen. Hamza Gündogan erklärt sich bereit, auch den Besitzer der zugehörigen Nummer zu ermitteln, Mirko Schulz will versuchen, den Herrn Richter zu erreichen.

# 9
(Dienstag)

Während der Recherchen der Kollegen war Sandra Völz wieder nach Hofgeismar gefahren, um noch einmal mit Frau Schäfer und dem Angestellten zu sprechen. Die Autofahrt war etwas mühselig, weil zwei Mähdrescher die Fahrbahn blockierten. Entsprechend genervt erreicht Sandra das Anwesen der Schäfers. Diesmal steht auch der Lkw auf dem Hof, und Sandra hat die Hoffnung, Jakub Blaszinsky sprechen zu können. Als sie aussteigt, kommt das Hundebellen aus den Innenräumen des Hauses, Frau Schäfer schaut aus dem Küchenfenster und fragt gleich, ob sie mitessen wolle. Sie habe für sich und Jakub das Mittagessen gerade fertiggekocht, es gäbe „Bratwurst mit selbstgemachtem Kartoffelsalat und grünen Salat mit Schmandsoße, es ist von allem genug da". Sandra bedankt sich, möchte nichts essen und fragt, ob sie sich dazusetzen und ein Glas Wasser trinken könne.

Sie fragt zunächst, wie es den beiden ginge, jetzt nach dem Tod des Ehemannes und Chefs. Frau Schäfer wirkt stabiler als noch am Vortag. Sie sagt, dass ihre Schwester sich um sie kümmern würde, „auch mit dem ganzen Papierkram", sie würde auch „Beruhigungspillen" nehmen, die ihr der Doktor verschrieben hat, „na und außerdem muss ich doch auch sehen, dass es Tasso gut geht und dem Jakub. Der muss ja jetzt für zwei arbeiten".

Jakub Blaszinsky, ein mindestens 1,90 m großer, etwa 35 Jahre alter, sehr kräftig wirkender Mann, mit lichtem Haar, in Arbeitskleidung, wirkt äußerst zurückhaltend. Die Kommissarin muss ihn nochmals direkt auffordern:

„Herr Blaszinsky, wie geht es Ihnen denn jetzt?"

„Wie soll es gehen, ist Scheisse. Ich weiß nicht, wie ich die ganze Arbeit schaffen soll."

„Wie haben Sie denn vom Tod Herrn Schäfers erfahren?"

„Lotte, die Chefin, hat mich angerufen, als ich in Essen war, hab' meinen Bruder besucht. Das war abends, weil ich was getrunken hatte, konnte ich nicht schnell weg, Dann bin ich gleich heim, hierher."

„Was haben Sie dann gemacht?"

„Ich hab' mir alles von Lotte erzählen lassen und dann haben wir gemeinsam geheult und 'nen Wodka getrunken."

„Haben Sie eine Idee, wie Herr Schäfer den Nagel in den Kopf bekommen hat?"

„Nee, gar nicht. Nur: Selber war er's sicher nicht!"

„Wieso sind Sie sich da sicher?"

„Er war eigentlich gut drauf, hat neue Maschinen gekauft und war oft guter Stimmung. Und mit den Werkzeugen war er vorsichtig."

„Haben Sie eine Idee, wer ihm dann möglicherweise den Nagel in den Kopf geschossen hat?"

„Nee, er war doch überall beliebt, mit den Kunden lief es gut. Außerdem muss ich jetzt wieder los, muss beim PM-Automarkt in Kassel-Harleshausen zwei ausgemusterte Wagen holen."

Sandra Völz würde einerseits gern noch mehr erfahren, will Blaszinsky aber auch nicht zu sehr bedrängen, damit er sich nicht noch mehr verschließt. Sie hat den Eindruck, dass er mehr weiß, als er jetzt gesagt hat, sie will ihm jedoch erst einmal „Luft lassen". So beendet sie die Befragung: „Erst einmal vielen Dank für die Auskünfte. Möglicherweise werden wir uns noch einmal mit Ihnen unterhalten müssen, wir melden uns. Wenn Ihnen etwas einfällt, so rufen Sie mich oder den Kollegen Peter Kluthe an." Sie gibt ihm noch ihre Visitenkarte, auf die sie auch Kluthes Nummer geschrieben hat. Blaszinsky bedankt sich bei Frau Schäfer für das Essen und verlässt schnell die Küche.

Die Kommissarin wendet sich jetzt der Frau des Opfers zu, die den Esstisch abräumt: „Ich würde gern mit Ihnen genauer die letzten Tage Ihres Mannes nachverfolgen. Was hat er gemacht, mit wem hatte er Kontakt, wie war seine Stimmung, ist Ihnen etwas Besonderes aufgefallen?"

„Ach, was soll ich Ihnen denn noch sagen? Sebastian war eigentlich wie immer. Er arbeitet viel. Seit dem Handel mit den Schrottblöcken, die nach China gehen, ist es noch mehr als früher. So musste er am Wochenende, bevor das mit dem Nagel passiert ist" - Frau Schäfer fängt jetzt wieder an zu schluchzen – „noch Schrottwürfel pressen und weitere Sachen aufladen, damit das am Montag mit dem Lkw zur Zugverladung gebracht werden konnte. Er musste dieses Mal bis Göttingen fahren. Das war am Montag, ja. Da war er ziemlich schlecht gelaunt, schimpfte auf den Schmiedel, ein Stammkunde, der das mit dem China-Schrott eingefädelt hat, wie Sebastian immer sagt. Dienstag war er immer noch geladen, sagte, er müsse sich unbedingt mit dem Schmiedel treffen, so ginge es nicht weiter."

Gerade, als sich Sandra Völz genauer nach „dem Schmiedel" erkundigen will, klingelt ihr Handy. Sie geht dran, stöhnt auf, „Oh nein" und: „Ich bin gleich da". Die Kommissarin erklärt Frau Schäfer, dass sie ganz schnell zu einem anderen Fall nach Grebenstein gerufen wurde, verabschiedet sich hastig, steigt in den Volvo, stellt das Blaulicht auf das Dach und macht es an. Aus der Zentrale in Kassel erhielt sie von Beate Schöller den Anruf, dass auf ein Sportgeschäft in Grebenstein, „Frieder's Sportladen", ein bewaffneter Raubüberfall ausgeübt wurde. Da bekannt war, dass sie in der Nähe ist – Grebenstein ist von Hofgeismar acht Kilometer entfernt -, wurde sie von der Kripo als Erste informiert. Der Sportladenbesitzer hatte zunächst über die 110 die Schutzpolizei in Hofgeismar angerufen, von dort wurden auch gleich zwei Streifenwagen losgeschickt. Und zugleich wurde das fachlich zuständige K 11 informiert.

Sandra ist in neun Minuten vor dem Sportladen in der Mittelstraße in Grebenstein, im Ort hat sie sich über das Telefon von Beate Schöller lotsen lassen. Ein Streifenwagen ist vor Ort, der zweite sucht, wie sich später herausstellt, nach der Täterin bzw. dem Täter. Der Ladenbesitzer, ein etwa 35-jähriger und – wie Sandra feststellt – äußerst gut aussehender Mann, ist immer noch sehr aufgeregt und erzählt der Kriminalkommissarin den Hergang: „Ich hab's zwar schon Ihren Kollegen erzählt, aber gut. Ich hörte die Ladenklingel, bin dann aus dem Büro in den Verkaufsraum. Wir machen kaum noch was direkt über den Laden, das meiste läuft online. Da steht ein Mensch, kann gar nicht sagen, ob es ein Mann oder eine Frau war, mitten im Laden. Ich würde sagen, eher eine Frau, hatte eine blonde Perücke auf, war dick angezogen und hatte eine Corona-FFP2-Maske auf, Baseballkappe tief ins Gesicht, sodass man nur die Augen sah. Sie hatte eine Pistole in der Hand und krächzte irgendwie ‚Alles Geld aus der Kasse in die Tasche'. Dazu hielt sie mir einen Jutebeutel mit bunter Aufschrift hin. Ich bin kein Held und hab' das, was in der Kasse war, in den Beutel gestopft. Es ist normal nicht soviel drin, aber vor 'ner halben Stunde hat jemand 'nen Trikotsatz mit Hosen und Stutzen für 'ne Fußballmannschaft abgeholt und bar bezahlt – so waren es fast tausend Euro. Ärgerlich! Sie ist dann gleich raus, ich hab' aus dem Fenster geschaut – sie ist mit 'nem Fahrrad weg! Das muss man sich mal vorstellen, mit dem Fahrrad!!! Dann hab' ich die 110 angerufen." Sandra lässt sich noch eine genauere Beschreibung der Person und ihrer Kleidung geben und ruft dann in Kassel an, um eine Fahndung im Raum Kassel-Hofgeismar zu veranlassen. Dabei erfährt sie, dass der Chef „Leo" ihr den Auftrag gibt, diesen neuen Fall zu übernehmen und das weitere Vorgehen zu koordinieren. Es wird die Spurensicherung angefordert, mit einem Kollegen, der spezialisiert ist, ein Phantombild anzufertigen. Dann muss noch schnell die Fahndung abgestimmt werden, und es müssen mögliche Zeugen auf der Straße gefunden und befragt werden. Sandra stellt sich auf einen langen Nachmittag in Grebenstein ein.

# 10
(immer noch Dienstag)

Peter Kluthe hat am Vormittag den Staatsanwalt informiert. Am Telefon war dieser etwas sperrig, sodass ein persönliches Gespräch anberaumt wurde. Dabei legte der Kommissar den bisherigen Stand der Ermittlungen dar, der Staatsanwalt kommentierte „etwas dürftig", war aber doch bereit, noch am gleichen Tag den richterlichen Beschluss zur Analyse der Bank- und Finanzdaten zu beantragen.

Danach besuchte Kluthe die Kolleginnen und Kollegen im Kommissariat für Wirtschaftsstrafsachen auf dem gleichen Flur, trug wieder den Stand des Falles vor, erntete wieder ein „ist ja noch etwas dünn, was ihr habt". Nach zwei schlecht schmeckenden Kaffee aus der Filterkaffeemaschine – abgestanden und halbkalt – gelang es ihm, einen Kollegen zu motivieren, sich der Sache anzunehmen und die Finanzdaten von Schäfer und seiner Firma unter die Lupe zu nehmen, sobald es grünes Licht vom Gericht gibt.

Mittlerweile ist es Mittag geworden, Kluthe überlegt, sich in der Kantine etwas zu essen zu holen, zumindest ein Brötchen, er will ja heute Abend essen gehen. Vorher ruft er allerdings noch den Heinrich Laumann, den Freund des Opfers, an. Er hat Glück und erreicht ihn auf dem Handy. Es ist überhaupt ein guter Tag, mit kleinen Erfolgen und guten Aussichten für den Abend. Kluthe entdeckt bei sich immer mal wieder eine Art Aberglauben: Wenn ein oder zwei Sachen am Morgen gut laufen, dann wird es im Folgenden an dem Tag so weitergehen. Ein gutes Omen für den heutigen Abend. Das Prinzip der Kettenreaktion von eigentlich voneinander unabhängigen Ereignissen gilt für ihn im Übrigen auch für (kleine) Misserfolge. Also: Heinrich Laumann. Der ist zunächst zurückhaltend, will über den toten Freund nichts, schon gar nichts Schlechtes erzählen. Kluthe merkt schnell, dass er am Telefon nicht weiterkommt und fragt, ob sie sich treffen können. Laumann möchte nicht ins Präsidium kommen, so schlägt Kluthe ein Treffen im Waldhotel Schäferberg vor, das liegt, zumindest was die Fahrzeit betrifft, etwa auf halber Strecke zwischen Kassel und Hofgeismar und hat eine Sonnenterrasse. Kluthe könnte auf diese Weise auch der Kantine entkommen. Laumann willigt ein und so wird ein Treffen um 14 Uhr vereinbart.

Die Verbindungsstraßen vom Polizeipräsidium zur Holländischen Straße, die zur B83 und dann zum „Schäferberg" führt, sind wieder voll und es gibt zudem eine neue Baustelle. Kluthe ist etwas ungehalten, muss sich wieder an die „gute" Ereigniskette erinnern. Er findet gleich einen Parkplatz und auch einen Tisch im Halbschatten. Da er kein Bild von Heinrich Laumann hat, ruft er ihn wieder an – ein Handy klingelt am Rande der Sonnenterasse und ein sehr kräftiger, eher dicklicher Mann, Ende fünfzig, Anfang sechzig Jahre alt, nur noch wenige Haare auf dem Kopf, nimmt es aus der Hosentasche. Peter Kluthe winkt ihm jetzt, steht auf und stellt sich vor, der Handybesitzer ist in der Tat Heinrich Laumann.

Beide setzen sich, tauschen ein paar Höflichkeitsfloskeln aus, und als der Kellner kommt, erklärt Kluthe, dass er noch nichts zu Mittag gegessen hat und bestellt sich eine Rinderbrühe und ein alkoholfreies Bier, Heinrich Laumann möchte ein „richtiges Bier auf den Schreck".

„Sie brauchen vor mir nicht zu erschrecken, wir versuchen herauszufinden, wie Herr Schäfer zu Tode gekommen ist und wer möglicherweise dafür verantwortlich ist. Frau Schäfer sagte uns, Sie seien ein sehr guter Freund des Toten und kennen ihn gut", beginnt Kluthe dann die „offizielle" Befragung.

Laumann gibt bereitwillig Auskunft: „Ja, das stimmt, wir kennen, kannten uns seit über 30 Jahren, haben uns in der Berufsschule kennengelernt. Erst trafen wir uns hier und da auf der Kirmes, irgendwie wurde es dann enger. Und in den letzten Jahren hatten wir eine Herrenrunde und sind einmal in der Woche zu viert oder zu fünft in die Sauna gegangen – Meistens in Breuna, aber auch mal woanders. Einmal im Jahr haben wir auch ein Männerwochenende verbracht, immer woanders. Es ist echt Mist, dass er jetzt tot ist."

„Wie gut kennen Sie ihn? Haben Sie über Probleme gesprochen?"

„Nun, Sebastian war nicht übermäßig gesprächig. Er hatte lange Zeit geschäftliche Probleme, so bis vor etwa zwei Jahren lief es nicht gut mit dem Schrottplatz. Da stand er manchmal am Rande der Pleite, obwohl er wirklich viel gearbeitet hat. Da hat er oft geflucht, war auch verzweifelt. Und dann ging es ihm auf einmal besser, er konnte sich neue Werkzeuge und Fahrzeuge kaufen. Er hat uns erklärt, das würde mit den gestiegenen Metall- bzw. Schrottpreisen zusammenhängen. Er hat dann auch immer mal einen ausgegeben."

„Ist Ihnen in den letzten Wochen oder Tagen etwas aufgefallen?"

„Hm..., nicht so direkt", druckst Laumann ein wenig herum.

„Was heißt das?"

„Wir haben uns nicht mehr sooo häufig gesehen, mal so Whats App-Nachrichten geschickt oder mal auf 'nem Geburtstag... Aber da haben wir nie länger gesprochen."

Kluthe gibt sich nicht zufrieden: „Wie kam das, dass Sie sich nicht mehr so sahen? Ich dachte, Sie treffen sich jede Woche in der Sauna."

„Hm, muss ich das jetzt erzählen?"

„Wenn es helfen kann, den Täter zu finden: ja!"

„Das weiß ich nicht... Aber Sebastian ist ja tot, und wenn Sie mir versprechen, das bei sich zu behalten..." Laumann windet sich, Kluthe lässt ihm Zeit und isst seine Suppe, die mittlerweile fast kalt geworden ist. Aber er lässt nicht locker und Laumann antwortet schließlich:

„Also, es war so: Wir waren – vielleicht so vor eineinhalb Jahren – in der Sauna in Breuna und da hat der Sebastian eine Frau kennengelernt. Oder genauer, das hat er mir dann mal erzählt, wieder getroffen, mit der war er mal zusammen. Und die beiden waren sofort sehr eng. Nicht gleich küssen und so, aber man merkte, da kann was abgehen. Und so war es dann auch. Sebastian ist nicht mehr mit uns gegangen, sondern hat sich mit der Frau, Tanja heißt sie wohl, immer donnerstags getroffen."

„Und Sie haben nichts weitererzählt?"

„Was sollte ich denn sagen? Dem Sebastian hat es offensichtlich gutgetan und ich bin doch kein Wachhund oder Moralapostel von der katholischen Kirche. Sebastian hat mich gebeten, ‚Henner', hat er gesagt, ‚bitte sag nichts meiner Frau'. Warum hätte ich das tun sollen?"

„Hat sonst jemand davon gewusst? Die anderen aus der Saunagruppe müssen sich doch auch gewundert haben, oder?"

„Na doch, klar haben wir darüber gesprochen. Und die Meinungen gingen zum Teil auseinander. Einige gönnten ihm das Vergnügen, einige waren sauer, weil sie sich in die Rolle des betrogenen Ehemannes reinversetzt haben, des Gehörnten. Sie waren sauer auf die Frau und sauer auf Sebastian. Einer kannte, glaube ich, auch den Ehemann. Die schrauben beide an Autos rum, auch im Alter noch, und der erzählte, dass der Mann den Verdacht hatte, dass die Frau ihn betrügt. Der sei dabei richtig aufbrausend gewesen. So kam das Thema immer mal auf. Aber letztlich glaube ich, dass keiner was weitererzählt hat."

Kluthe hat den Eindruck erst einmal ausreichend weitere Hinweise bekommen zu haben, lässt sich von Herrn Laumann nochmals seine persönlichen Daten sowie Namen und Kontaktdaten der anderen Saunagänger geben. Er bittet ihn, ihn anzurufen, falls ihm noch etwas zum Leben oder zum Tode von Sebastian Schäfer einfällt und verabschiedet sich dann.

Der Kommissar steigt wieder in seinen Skoda und überlegt, noch einmal ins Präsidium zu fahren, um den aktuellen Stand zu checken und das Gespräch zu protokollieren. Anderseits ist es jetzt schon 15.30 Uhr, bis er im Präsidium ist, die Dinge erledigt hat und dann wieder zuhause ist, um sich frisch zu machen, wird es mindestens 18 Uhr. Um 19.30 Uhr will er frisch im Gasthaus „Rammelsberg" sein, um Sonja Wiedemann zu treffen. Er denkt an die Worte des Freundes Joachim, der ihm zu mehr Entspannung und weniger Pflichtgefühl rät … Alles Wichtige trägt die Gruppe morgen früh zusammen, Schäfer ist tot, und weitere Gefahr scheint nicht im Verzuge. Das Gesprächsprotokoll kann er nachher noch ins Handy diktieren und dann morgen überspielen oder gleich zum Diktieren senden. Zudem soll sich der „gute Tag" fortsetzen. Sicherheitshalber telefoniert er noch vom Parkplatz vor dem „Schäferberg" mit Sandra Völz. Die Kollegin erzählt ungehalten und kurz angebunden von dem Überfall und dem neuen Auftrag für sie. Sie will aber versuchen, morgen früh kurz zur Besprechung zu kommen und berichten, was sie im Fall Schäfer erfahren hat. Der Kommissar lässt sich durch die neue Geschichte aus Grebenstein nicht weiter beeindrucken oder ablenken und fährt direkt nach Hause, diktieren, duschen, einkleiden.

Kurz vor 19.30 Uhr betritt Peter Kluthe das Wirtshaus, oder genauer das „Brauhaus am Rammelsberg". Die gemütliche Kneipe war in der Tat früher eine Brauerei, mittlerweile wird das Hausbier in einer Großbrauerei aus dem Umland gebraut. Es gibt mehrere Räume und einen Biergarten. Kluthe hatte zwei Plätze im Biergarten bestellt, allerdings hat es kurz vor 19 Uhr erstes Donnergrollen gegeben, und er war gerade noch trocken, vor dem Gewitterregen, mit dem Rad eingetroffen. So fragt er am Tresen nach einem Tisch innerhalb und hat Glück: Es gibt einen Tisch am geöffneten Fenster zum Biergarten, so, dass er auch den Eingang beobachten kann.

Kurz nach 19.30 Uhr betritt Sonja Wiedemann den Gastraum. Kluthe hat Mühe, seine Aufregung zu verbergen, er findet, sie sieht hinreißend aus: Ein kurzer, nicht zu kurzer Rock, der aber über dem Knie endet. Turnschuhe. Ein eng anliegendes Oberteil, eine Art T-Shirt, und darüber eine leichte Strickjacke. Dazu das, wie er findet, so schöne Gesicht mit den braunen Augen und die Haare wieder zum Pferdeschwanz gebunden. Er winkt, steht auf, und ist sofort wieder unsicher, wie er sie begrüßen soll. Am liebsten würde er sie umarmen – aber das geht nicht, so nah sind sie sich (noch) nicht. Wieder übernimmt Sonja die Initiative und reicht ihm mit den Worten „Schön, dass es geklappt hat, schade, dass wir nicht draußen sitzen können, aber Hauptsache wir haben hier 'nen Tisch für uns" die Hand. Beide setzen sich über Eck an den Holztisch und schauen sich erst einmal an. Der Kellner rettet die Situation, bringt die Speisekarte und fragt nach den Getränken. Peter Kluthe fragt nach Sekt „zur Würdigung dieses Treffens" – Sonja Wiedemann ist dabei. Beide erzählen kurz von den Erlebnissen des Arbeitstages bis der Sekt kommt. Dann macht wieder die Rechtsmedizinerin einen weiteren Schritt und fragt vor dem Anstoßen, ob sie sich nicht duzen wollen. Peter Kluthe ist begeistert, es kommt neben dem Anstoßen zu einer angedeuteten Umarmung, einer leichten Berührung „Arm an Schulter". Sonja fragt dann nach dem Namen: „‚Peter' ist doch, verzeih, etwas altmodisch für einen noch nicht so alten Mann. Weißt Du, wie das zustande gekommen ist?" Peter Kluthe bekommt einen roten Kopf: „Nun, ich hab` mich dran gewöhnt und finde den Name im Grunde ganz gut, es gibt wenige in meinem Alter, die so heißen. Der Hintergrund ist einfach: Meine Mutter war und ist eigentlich noch immer totaler Fan von Peter Maffay, dem Rockmusiker. Sie hatte als Jugendliche ein lebensgroßes Poster im Zimmer, war bei unzähligen Konzerten und ist sogar einmal bei einem Mallorca-Urlaub in dem Tal gewesen, in dem er seine Finca hat. Und auf ihrem Schreibtisch hat sie heute noch ein kleines Bild von ihm."

Sonja Wiedemann lacht herzlich: „Ich finde den Maffay eigentlich auch ganz gut, ‚Über sieben Brücken musst Du gehen', und schön ist das Kindermusical ‚Tabaluga'".

Mit der Peter-Maffay-Namensgeschichte ist die erste Spannung etwas abgebaut und nach dem Bestellen – er entscheidet sich für „Hessisches Schmandschnitzel mit Bratkartoffeln", sie sich für „Salat mit Lachs und gebratenen Garnelen" – fragt Peter dann, was Sonja so vor ihrer Zeit in Kassel gemacht hat und woher sie kommt. Sie schluckt etwas, zögerlich beginnt sie zu erzählen: „Ich komme ursprünglich aus dem Bergischen Land, aus der Nähe von Gummersbach. Ich wollte unbedingt Medizin studieren, aber mein Schnitt reichte nicht. Da hab` ich erst 'ne Ausbildung zur Rettungssanitäterin gemacht, auch ein Jahr in dem Beruf gearbeitet und hab` dann 'nen Studienplatz, auch noch in Köln, gekriegt. Das waren gute Jahre. So gegen

Ende des Studiums hab' ich meinen Partner kennengelernt, ein Studienkollege. Wir sind schnell zusammengezogen, haben zum Teil auch das Praktische Jahr zusammen gemacht. Einen Teil des PJ habe ich dann in der Rechtsmedizin und Pathologie absolviert. Und das hat mir so gut gefallen, dass ich dort auch meine Ausbildung zur Fachärztin machen wollte. Ich hatte Glück, am Institut für Rechtsmedizin an der Uniklinik in Köln war eine Stelle als Assistenzärztin frei, die ich dann auch bekommen habe. Mein Partner war in der gleichen Klinik in der chirurgischen Ausbildung. Das lief alles gut, ich dachte auch an Heiraten und vielleicht Kinder kriegen. Und dann hat er sich in 'ne andere Frau verliebt und ist ausgezogen – während meiner Vorbereitung auf die Prüfung zur Fachärztin. Das war ein Schock und 'ne schlimme Zeit. Ich hab' nach 'ner Weile gemerkt, dass ich aus Köln wegmuss. Na, und da war hier in Kassel die Stelle ausgeschrieben. Der Chef ist zwar sehr auf sich und seinen Ruhm bezogen, aber er hat einen sehr guten Ruf in der Szene und so bin ich jetzt seit gut einem Jahr hier und hab' Abstand von der Sache bekommen."

Peter Kluthe traut sich nicht, detailliert nachzufragen, schildert stattdessen seinen „Beziehungsstatus" – er möchte signalisieren, dass er „frei" ist. Die weitere Unterhaltung wird leichter, es geht um die Vor- und Nachteile Kassels und über die Berufe der beiden. Dabei werden die Speisen verzehrt, es gibt ein Bier (Kluthe) und ein Viertel Weißburgunder (Wiedemann), und schnell ist es 22 Uhr. Sonja schaut auf die Uhr und sagt, dass sie langsam müde wird und nach Hause möchte, auch wenn „der Abend mit Dir schön" war. Es gibt ein kleines Geplänkel ums Bezahlen, Kluthe wollte einladen, Wiedemann wehrt ab, so wird geteilt … Beide tauschen noch die privaten Handynummern aus. Beim Abschied umarmen sich beide, nicht nur flüchtig, etwas länger und fester, als es vielleicht nach einem kollegialen Abendessen üblich ist.

Draußen regnet es nach dem Gewitter immer noch leicht, Kluthe ist etwas genervt, weil er auf dem Rad durchnässt wird. Sonja ist mit dem Auto da, er winkt ihr nach und macht sich auf den nassen Heimweg.

**Nachklingen**

Peter Kluthe liegt im Bett und lässt den Abend nochmals vorbeistreichen. Er hat sich sehr wohlgefühlt und er gesteht sich ein, dass er die Frau wirklich toll findet. „Ja, vielleicht bin ich sogar mal ein wenig verliebt", muss er feststellen. Und dann überlegt er noch, ob er sie vielleicht am Ende, beim Abschied, hatte küssen sollen, zumindest flüchtig. Er hätte schon gewollt, will aber auch nichts kaputt machen…

Sonja Wiedemann liegt im Bett und lässt den Abend nochmals vorbeistreichen. „Das war mal ein richtig schöner Abend, vielleicht der Beste bisher in Kassel. Und der Peter sieht nicht nur gut aus, er ist auch richtig nett und man kann sich länger unterhalten, ohne dass es langweilig wird. Hätte ich ihn länger festhalten, vielleicht küssen sollen? Nee, beim ersten Mal nicht. So isses gut. Aber ich will ihn wiedersehen!"

# 11
(Mittwoch)

Kluthe wacht um 6.30 Uhr auf. Er hat sehr gut geschlafen und ist immer noch im Hochgefühl wegen des gestrigen Abends. Er überlegt, ob er Sonja gleich eine SMS schreiben soll, will nicht aufdringlich wirken, andererseits ihr auch klare Signale geben. „Es war sehr schön gestern, ich würde das gerne wiederholen. Wie sieht es am Wochenende aus?", schreibt er dann.

Es regnet immer noch, so nimmt er nach der Morgentasse Kaffee den Bus zum Präsidium. Um kurz vor 8 Uhr fährt er seinen Rechner hoch, will gerade seine E-Mails checken und sich auf die Besprechung vorbereiten, als Sandra Völz ins Büro stürmt und ihn überfällt: „Du, ich kann nicht zur Besprechung nachher kommen, ich muss an dem Raubüberfall in Grebenstein dranbleiben. Völlig blödsinnig das Ganze. Es geht um tausend Euro – in dem kleinen Geschäft in Grebenstein. Wer macht denn sowas??? Das kann doch nur ein Junkie sein oder ein Durchgeknallter."
„Oder jemand sehr Verzweifeltes in Geldnot", wirft Kluthe ein. Die Kommissarin fährt fast atemlos fort: „Naja, ich muss noch ein paar Zeugen vernehmen, gestern hat sich jemand gemeldet, der die Figur auf dem Fahrrad gesehen hat, und außerdem hab' ich gleich 'nen Termin mit dem Drogendezernat, wir wollen mal Kandidaten aus Grebenstein und Umgebung checken."
„Sag doch bitte kurz, was Du vorher zu unserem Fall Schäfer herausbekommen hast", unterbricht sie Kluthe. Die Kollegin berichtet von den Gesprächen mit dem Angestellten Blaszinsky und der Witwe. „Es sollte auf jeden Fall nochmals jemand mit Blaszinsky sprechen, der weiß mehr. Und es muss auch herausgefunden werden, wer dieser Schmiedel ist. Sorry, Peter, aber ich kann euch im Moment leider nicht unterstützen, ich muss jetzt zu den Drogis. Lass uns telefonieren."

Kluthe ist ein wenig frustriert, Sandra wird fehlen. Das Handy schnarrt, die Antwort-SMS von Sonja: „Fand den Abend mit Dir auch super und will Dich wiedersehen. Wieso schreibst Du SMS, geht nicht auch Whats App? Wochenende kann ich leider nicht, fahre Freitag bis Sonntag nach Köln zu einer Freundin auf deren Geburtstag". Kluthe spürt einen Stich im Bauch, Köln gefällt ihm nicht so... Dann fällt ihm ein, dass er am nächsten Wochenende ja Bereitschaft hat, da wäre jedes Date durch plötzliche Unterbrechung gefährdet. Er antwortet: „SMS sind sicherer, bin da vielleicht altmodisch. Ich würde Dich dann sehr gern in der nächsten Woche sehen." Dann checkt er noch rasch die E-Mails und sieht die Mitteilung, dass ein Kollege aus der „Wirtschaftsabteilung" zur Besprechung dazukommen will.

Um 8.30 Uhr finden sich Kluthe, Gündogan, Schulz und der Kollege von der „Wirtschaft", Manuel Franke, im Besprechungsraum ein. Nachdem sich alle mit Kaffee versorgt haben, berichtet einer nach dem anderen. Mirko Schulz hatte gestern noch den betrogenen Ehemann Paul Richter erreicht und ihn befragt, ob er den Herrn Schäfer gekannt hat. „Der ist am Telefon gleich durch die Decke gegangen. Ja, er habe früher bei ihm auf dem Schrottplatz hin und wieder Teile gekauft. Jetzt hatte er den Verdacht, dass er seiner Frau nachstellt. ‚Ich hätte ihm richtig die Fresse polieren können´, hat er tatsächlich gesagt. Ich hab`ihn dann nach einem Alibi am Mittwoch Nachmittag gefragt. Da sei er bei einem türkischen Autolackierer in Kassel-Bettenhausen gewesen, das müssen wir überprüfen." „Mache ich", wirft Hamzan Gündogan ein, „ich kenne die meisten Jungs da, und mir gegenüber werden sie ehrlich sein." „Okay, Dein Job für heute", legt Kluthe fest, „Alle Informationen zu der Geschichte mit der Beziehung zwischen Schäfer und Frau Richter stimmen ja überein, auch mit der Aussage des Freundes Laumann, mal sehen, was bei der Überprüfung des Alibis rauskommt." Er berichtet dann noch von den Ergebnissen der Recherche von Sandra Völz und es ist klar, dass zum einen der Angestellte nochmal „angegangen" werden sollte und dem „Schmiedel" nachgeforscht werden muss.

Als Kluthe diese Aufgaben verteilen will, wehrt Mirko Schulz vorsichtig ab: „Ich hab' heute Bereitschaft, weiß nicht, was reinkommt. Ich versuche, das mit der einen offenen Telefonnummer herauszubekommen, vielleicht kannst Du, Peter, nochmals versuchen, in Erfahrung zu bringen, wer oder was der ominöse Schmiedel denn eigentlich ist, die Frau hat ja begonnen, gegenüber Sandra etwas zu erzählen". Kluthe ist etwas enttäuscht, dass er jetzt wieder fast allein mit dem Fall ist, wendet sich dann dem Kollegen von der „Wirtschaft" zu: „Wie ist bei Dir der Stand, ist die Genehmigung zum Durchleuchten der Bankkonten da?" „Ja, ist gestern Abend noch, nach meinem Dienstschluss, per Mail gekommen. Ich hab' heute Zeit, kümmere mich und analysiere Privat- und Geschäftskonten und versuche auch etwas über die Geschäftspartner herauszubekommen. Vielleicht taucht Schmiedel ja auch hier auf. Wie lange soll das denn zurückverfolgt werden?" Das Team einigt sich auf fünf Jahre, es werden auch ein paar Überlegungen gesammelt, worauf der Kollege besonders achten soll.

Gerade als sich die Gruppe auflösen will, fällt Mirko Schulz noch die SMS mit der Drohung ein und Hamza Gündogan ergänzt, dass die zugehörige Handynummer einem gewissen Rafael Celik gehören soll. Dieser Spur müsste ebenfalls nachgegangen werden. Kluthe stöhnt laut auf. Er ist angesichts der engen Personalsituation und der Auslastung der Kollegen nun verzweifelt, weil er sich offensichtlich auch noch um diese Spur kümmern muss. Da springt ihm Hamza zur Seite und sagt, dass er sich heute Nachmittag, spätestens morgen daran machen will, mehr über den Nummernbesitzer herauszufinden und gegebenenfalls Kontakt herzustellen.

Das nächste Treffen wird für Freitagmorgen vereinbart.

Es regnet ununterbrochen. Kluthe fürchtet um die unmittelbare Fortsetzung des Grillbau-Projektes. Das, was er bisher ausgehoben hat, dürfte nun langsam wieder zugspült werden. Heute scheint einer der schlechteren Tage zu sein. Er ruft den Chef, Leo, an und informiert ihn über den Stand der Dinge. Leonhardt ist etwas brummig über den immer noch offenen Stand der Ermittlungen, bringt aber selbst auch keine Ideen, was man anders machen könnte, als die vorhandenen, zum Teil vagen Spuren weiter zu verfolgen. Es gibt im Moment auch niemanden im Team, der Kluthe weiter unterstützen könnte.

So vervollständigt der Kommissar die Fallakte mit den aktuellen Ergebnissen. Anschließend gelingt es ihm, ein Team der KTU endgültig zu bewegen, am späteren Vormittag noch einmal auf den Schrottplatz zu fahren und das Büro und, wenn die Zeit reicht, auch den Schuppen genauer zu untersuchen und die Geschäftsunterlagen mitzunehmen. Er trinkt noch einen Kaffee mit Beate Schöller und begibt sich dann zum Dienstwagen, um wieder nach Hofgeismar zu fahren und wieder Frau Schäfer und den Angestellten zu befragen.

# 12
## (Mittwoch)

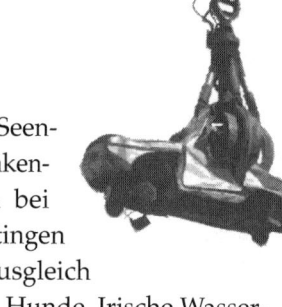

Northeim, nördlich von Göttingen, Seengebiet. Katharina Kleinhans ist Krankenschwester, wohnt in Moringen bei Northeim, arbeitet in der Uniklinik Göttingen und hat heute einen freien Tag als Ausgleich für den Wochenenddienst. Sie hat zwei Hunde, Irische Wasserspaniel, Geschwister, die Bewegung brauchen. Die Hunde geben ihr unmittelbare Resonanz, sind verspielt, freuen sich, wenn sie nach Hause kommt. Die Tiere sind auch ein guter Ausgleich für den teilweise belastenden Dienst im Krankenhaus. Ihr Mann toleriert die Hunde, hat aber nie eine wirkliche Beziehung zu ihnen gefunden, was wiederum die Beziehung zwischen Katharina und ihrem Mann belastet. Manchmal denkt sie, sie müsse sich zwischen Mann und Hunden entscheiden. Sie hat zwei „Hundefreundinnen", mit denen und deren Hunden sie so oft es passt, Gassi geht, und die sie in ihrem Engagement für die Hunde stärken.

Heute regnet es zwar, aber sie will einen längeren Spaziergang an dem See am Lakegraben in der Leineniederung im Dreieck Moringen/Einbeck/Northeim machen. Dort haben die Tiere Auslauf, und sie kann die Landschaft genießen und ihren Gedanken nachgehen. Sie fährt mit dem Auto, einem älteren Golf Kombi, zum Parkplatz in der Nähe des Sees, öffnet den Kofferraum und lässt die Hunde raus. Sie braucht sie nicht anzuleinen, es ist recht früh, 8.30 Uhr, und da kann man kaum jemanden mit frei laufenden Hunden stören. Und wenn zum Beispiel ein Jogger kommt, kann sie sich auf die Tiere verlassen, sie gehorchen aufs Wort. Schnell sind sie über den recht breiten Waldweg am Seeufer, Katharina wirft einen Stock ins Wasser und beide Hunde springen hinein.

Schon nach ein paar Zügen wird der eine, Karo, langsam, jault und versucht ans Ufer zu kommen. Der andere, Taifun, schnappt auch schnell nach Luft, geht dann unter. Katharina Kleinhans ist entsetzt: Die Hunde können doch gut schwimmen und haben immer Spaß daran gehabt. Sie stürzt an den Rand des Sees und versucht, Karo herauszuziehen. Das gelingt ihr auch, aber dann jault der noch einmal und stirbt. Taifun ist ganz verschwunden, untergegangen. Katharina schreit, weint, bekommt Panik, ruft auf dem Handy mit 112 die Feuerwehr an. Und dann gleich auch noch die Polizei. Es kann mit dem See etwas nicht stimmen.

Am gleichen Vormittag ist Jakub Blaszinsky mit dem Lkw des Schrottplatzes in Dransfeld. Er ist auf dem Weg, um ein schrottreifes Auto dort abzuholen, mittlerweile zahlen Autobesitzer dafür, dass jemand eine alte Karre abholt und fachgerecht entsorgt. Das lohnt sich finanziell nicht völlig, aber nach dem Ausschlachten verwertbarer Teil und vor allem dem Verkauf des übrig gebliebenen Schrotts ist das ein gutes Geschäft geworden. So hat es Sebastian Schäfer zumindest immer berichtet. Und ganz gut war es, wenn mit dem Schrott weiterer Müll entsorgt werden konnte. Blaszinsky hört im Radio gern NDR 1. Der Sender spielt alte, nicht ganz so wilde Songs, Poprock oder so heißt das, und zugleich informiert er gut über die Verkehrslage in Südniedersachsen. Jetzt, um 10.30 Uhr, kommt eine Verkehrsdurchsage, bei der eine Polizeiwarnung verlesen wird: Am See am Lakegraben bei Northeim sei es zu einem tragischen Unfall gekommen, bei dem zwei Hunde durch das Wasser im See vergiftet wurden. Die Polizei bittet dringend, den See und seine Ufer zu meiden und weiträumig fern zu bleiben. Das Wasser würde untersucht und die Polizei würde später am Nachmittag eine Pressekonferenz geben.

Blaszinsky bekommt einen Riesenschreck. Sofort sticht es im Bauch und er hat das Gefühl, gleich Durchfall zu bekommen, sein Herz schlägt schnell und heftig. Er sucht sich eine Stelle, an der er anhalten kann, stoppt und versucht ruhiger zu atmen. Er weiß, dass Sebastian Schäfer am Montag vor einer Woche Schrott nach Göttingen zum Aufladen auf den Zugtransport zur

Verschiffung in Bremerhaven bringen wollte und irgendetwas schief gelaufen war. Genaues hatte er aber nicht erzählt. Möglicherweise hängt das mit dem Gift im See zusammen. Er weiß, dass manche Lieferungen im Doppelsinn nicht ganz sauber waren und der Auftraggeber den Chef manchmal bedrängt hatte. Er ist sich unsicher, was er nun machen soll. Er kann einerseits der Polizei schlecht direkt sagen, dass er vermutet, Schäfer könnte in die Vergiftung des Sees verwickelt sein, er ist tot und soll nicht schlechtgemacht werden. Das könnte auch viele Untersuchungen nach sich ziehen, vielleicht müsste die Firma geschlossen werden und er verliert seinen Arbeitsplatz, an dem er hängt. Andererseits will er auch nicht, dass weiterer Schaden entsteht und er will auch, dass die Polizei alles weiß, um den zu kriegen, der Schäfer den Nagel in den Kopf geschossen hat. Er ist in Panik und entschließt sich, anonym die Polizei in Kassel anzurufen. Er wählt die Nummer des Polizeipräsidiums und lässt sich mit der Kriminalpolizei verbinden. Dort meldet sich die Geschäftsstelle. Er hält sich sein Taschentuch vor den Mund und krächzt: „Der See in Northeim, das hat was mit Schäfer zu tun". Als Beate Schöller, die das Gespräch entgegengenommen hat, nachfragen will, legt er auf.

Beate Schöller macht eine Aktennotiz über das Telefonat und schickt sie per Mail direkt weiter an Peter Kluthe und Mirko Schulz, der ja heute Dienst hat.

# 13
(Mittwoch)

Es regnet in Strömen, als Kluthe sich auf dem Weg nach Hofgeismar macht, schon auf dem Weg zum Auto wird er nass. Er flucht vor ich hin, zumal die Chancen auf neue Erkenntnisse begrenzt sind. Am Telefon hat er zwar Frau Schäfer erreicht und ihr mitgeteilt, dass er kommt und auch die Spurensicherung noch einmal eine ausführliche Untersuchung machen wird. Er hat allerdings den Angestellten Blaszinsky wieder nicht erreichen können und ihm auf die Mailbox gesprochen, dass er ihn entweder heute Nachmittag in Hofgeismar am Schrottplatz sehen und sprechen will oder er am nächsten Tag um 10 Uhr ins Polizeipräsidium in Kassel kommen soll.

Die Autofahrt ist mühselig, der Regen hat sich in eine Art Wolkenbruch ausgeweitet und viele Autofahrer sind übervorsichtig, wie Kluthe findet, es nervt.

Als er am Schrottplatz ankommt, erschreckt er zunächst. Mittlerweile ist fast die gesamte Freifläche mit Schrottautos zugestellt, teilweise zu zweit übereinander gestapelt. Offensichtlich werden Autos herangeholt, aber dann nicht weiterverarbeitet und gepresst. So macht das Anwesen einen chaotischen und auch verwahrlosten Eindruck. Kluthe parkt den Skoda in der Einfahrt, rennt wegen des Regens die Eingangstreppe hoch und klingelt. Innen bellt zunächst der Hund wieder, dann ruft ihn Frau Schäfer zur Ruhe und öffnet die Tür.

„Ach, Sie schon wieder. Ich kriege ja jetzt täglich Besuch von jemandem aus Ihrer Dienststelle. Gibt es etwas Neues zum Tod meines Mannes?", fragt die Witwe recht offensiv. Kluthe ist darüber etwas erstaunt, hat er doch die Frau eher verzweifelt und durcheinander erlebt. „Wir verfolgen mehrere Spuren, und da brauchen wir immer wieder Ihre Unterstützung, weil neue Fragen auftauchen. Nachher kommt auch nochmal das Team der Spurensicherung und wird sich Büro und Werkstatt genau anschauen, wenn Sie nichts dagegen haben. Darf ich reinkommen, es regnet so."

Frau Schäfer lässt den Kommissar dann eintreten, der Hund schnüffelt an ihm herum, sie gehen in die Küche und setzen sich an den Tisch.

„Was wollen Sie denn wissen?", beginnt die Witwe das Gespräch.

„Wir möchten uns einen genaueren Überblick über die geschäftlichen Aktivitäten Ihres verstorbenen Mannes machen, vielleicht liegen die Gründe für den Tod ja in diesem Bereich. Beim letzten Gespräch mit meiner Kollegin hatten sie erwähnt, dass Ihr Mann sich über einen Herrn ‚Schmiedel' geärgert habe. Wer ist denn dieser Schmiedel?"

„Tja, ich hab' den vielleicht vier oder fünf Mal gesehen, einmal war er zum Abendessen bei uns, da hab' ich gekocht. Es gab Tafelspitz und vorher hatte ich aus der Brühe noch eine schöne klare Rindssuppe mit Nudeln gemacht. Und Bratkartoffeln gab es noch, das isst mein Mann so gern." Jetzt schluchzt Frau Schäfer doch wieder auf: „Das hat er so gern gegessen, ach, ist das alles fürchterlich. Sehen Sie nur, wie es draußen auf dem Hof aussieht, Jakub fährt nur die alten Karren an, er hat keine Zeit, sie zu pressen. Das hat Sebastian sonst immer gemacht. Wie soll es nur weitergehen?"

Kluthe muss sich zusammenreißen, um sein Gegenüber nicht zurechtzuweisen, die Befragte verliert sich ... „Frau Schäfer, ich verstehe, dass das alles für sie schwer und schwierig ist, aber wir müssen noch mehr wissen über das Geschäft und die weiteren Lebensumstände Ihres Mannes. Sie wollen doch sicher auch, dass klar wird, wie er ums Leben gekommen ist. Also: Wer war oder ist denn dieser Schmiedel?"

„Ja, Tschuldigung, aber es fällt mir immer noch schwer, klare Gedanken zu fassen. Mein Mann hat mir so vielleicht das erste Mal vor drei Jahren erzählt, dass er von jemandem angerufen wurde, der eine neue Geschäftsidee hat. Da ist der Name das erste Mal aufgetaucht. Na, und dann war er mal da, ich hab' Kaffee gekocht und Kuchen aus der Tiefkühltruhe in der Mikrowelle warm gemacht, das haben die im Büro getrunken und gegessen. Und das mit dem Essen war 'ne ganze Weile später, vielleicht so vor zwei Jahren. Die beiden haben ganz schön was getrunken, nicht nur Bier, auch richtig Schnaps, so griechischen. Ich bin dann ins Bett. Ich weiß wirklich nicht, was genau das mit dem Geschäft war, aber ich glaube, es hängt auch mit dem Schrott nach China zusammen. Sebastian hat mal gesagt, dass der Schmiedel da die guten Verbindungen hätte. Aber viel mehr weiß ich nicht, Sebastian hat darüber sehr wenig erzählt. Nur deutlich gemerkt hab' ich, wie er sich da letzte Woche geärgert hat."

„Wissen Sie denn sonst gar nichts über den Herrn Schmiedel? Wo er herkommt, was er beruflich genau gemacht hat ..."

„Nee, wirklich nicht. Aber er muss erfolgreich sein. Er fuhr erst, früher, so 'nen VW Passat. Und die letzten beiden Male, als er hier war, 'nen richtigen Sportwagen mit 'nem Super Sound, so richtig röhrig. Hab' ich 'ne Gänsehaut bekommen. Ein Porsche oder Mercedes war es nicht. Schwarz war er."

„Haben Sie ein Autokennzeichen erkannt?"

„Nein, gar nicht, hab' ich gar nicht drauf geachtet".

„Okay, wir werden Ihnen ein paar Autotypen zeigen, vielleicht erkennen Sie die Marke wieder. Wie sah der Schmiedel denn aus?"

In diesem Moment hupt es und zwei Kleinbusse fahren auf dem Hof, fünf Personen der KTU steigen aus. Tasso bellt laut und springt an der Haustür von innen hoch. Frau Schäfer beruhigt den Hund, Kluthe bittet um die Schlüssel von Büro und Lagerhalle/Werkstatt und zeigt den Kollegen und Kolleginnen die Räume. Sie besprechen eine Strategie, wer wo die Räume untersucht, welches Material interessant ist und gegebenenfalls zur Detailuntersuchung mitgenommen werden sollte. Wenn möglich, soll ein Mitglied der Gruppe morgen zur Fallbesprechung dazukommen und berichten, was gefunden wurde.

Kluthe will dann wieder in das Wohnhaus zurückgehen, als ihn Sandra Völz anruft. Sie wirkt verzweifelt und bittet ihn, auf der Rückfahrt in Grebenstein vorbeizukommen und möchte mit ihm den Raubüberfall und die Spurenlage besprechen. Kluthe kann und will der Kollegin diesen Wunsch nicht absprechen und sie verabreden sich in einer Stunde im Eiskaffee Dolomiten am Markt. Dann bittet er Frau Schäfer wieder um die Beschreibung des Herrn Schmiedel. „Hm, das ist eigentlich ein kleiner Mann, dünn, so etwas schmierig. Er hat meist so nach hinten gegelte Haare, hellbraun. Und so stechende Augen mit buschigen Augenbrauen. Und 'ne sehr spitze Nase, drunter so 'nen schmalen Bart. Und einen Siegelring. Und gekleidet war er meist mit Jeans und Turnschuhen, drüber Hemd und Sakko, sollte was hermachen."

„Wie alt war er wohl?", fragt Kluthe.

„Lässt sich schwer schätzen. Er wirkte jugendlich oder machte wenigstens so. Aber vierzig war der bestimmt schon. Wenn ich drüber nachdenke, ich hab' den nicht gemocht."

Kluthe möchte noch weitere Details wissen, aber Frau Schäfer fällt offensichtlich nichts mehr ein. Er will dann noch wissen, wo sich der Angestellte Blaszinsky aufhält, weil er ihn dringend sprechen will. Doch auch hier kann Frau Schäfer nicht weiterhelfen: „Der Jakub regelt das alles selber, ich kann ihm da auch nicht reinreden. Ich weiß ja so wenig vom Geschäft. Wir haben heute Morgen drüber gesprochen, dass er heute Abend nochmal reinschaut. Aber eine Uhrzeit hat er nicht genannt." Der Kommissar bittet die Witwe, Herrn Blaszinsky mitzuteilen, dass er ihn morgen um 10 Uhr bei der Kriminalpolizei im Polizeipräsidium Kassel erwartet. Er hat langsam die Nase voll, dass sich Blaszinsky den Befragungen entzieht und sich nicht meldet. Frau Schäfer wird jetzt laut: „Der Jakub, das ist ein ganz feiner Kerl, der war immer loyal zu uns. Und er hat mir sehr, sehr geholfen in den letzten Tagen, hat mich getröstet und mir auch gesagt, dass wir das schon gemeinsam schaffen. Er hat mir echt Hoffnung gegeben. Und dann kommen Sie und wollen ihn verhören und denken, er hat was mit Sebastians Tod zu tun, das ist nicht richtig." Kluthe lenkt ein: „Das denke ich erst mal nicht. Aber er kann uns genauer sagen, was geschäftlich so gelaufen ist und dazu brauchen wir Zeit, um mit ihm zu sprechen. Er meldet sich nicht bei uns, deshalb wird er offiziell einbestellt. Sagen Sie ihm das bitte."

Nach einigen Abschiedsfloskeln schaut der Kommissar dann noch bei den Kollegen von der Spurensicherung vorbei. Ein Teil der Gruppe untersucht das Büro, jeder Aktenordner, jede Schublade wird sorgfältig geprüft. Eine zweite Gruppe durchleuchtet systematisch die Lagerhalle und die darin befindliche Werkstatt gegenüber dem Wohnhaus. Auch hier wird systematisch jeder Winkel durchleuchtet und alle abgestellten Gegenstände werden hinsichtlich möglicher Verbindungen zu dem Tod Schäfers geprüft. Kluthe ermuntert die Kollegen, besonders nach Hinweisen auf die Geschäfte des Opfers zu suchen und dabei sehr „breit" vorzugehen, auch Phantasien zu entwickeln. In dem großen Raum befinden sich zwei mit Vorhängeschlössern gesicherte Metallschränke, und der Gruppenleiter fragt Kluthe, wie damit umzugehen sei. Eigentlich ist es illegal, ohne klare Anweisung der Staatsanwaltschaft oder eines Beschlusses des Richters, der für die Ermittlungen zuständig ist, die Schränke aufzubrechen. Das würde jedoch dauern. Peter Kluthe geht also noch einmal zur Witwe Schäfer und fragt, ob sie einen Schlüssel für die Schränke hat – als sie dies verneint, bittet er um die Erlaubnis, die Schlösser aufzubrechen. Sie zögert, stimmt aber zu und Kluthe gibt dies weiter. Ein dritter Teil der KTU-Gruppe untersucht das Außengelände. Als sie Kluthe sehen, fragen sie, ob er besondere Ideen hat, was und wo sie suchen sollen. Das Ganze wirkt zu unübersichtlich und chaotisch. „Ich bin, ehrlich gesagt, da selbst etwas ratlos", gibt er zur Antwort, „Vielleicht geht ihr mit sehr offenen Augen erstmal übers Gelände und schaut nach Merkwürdigkeiten." „Merkwürdig ist hier Vieles, geht es nicht genauer? Das Ganze ist nervig, zumal bei dem Dauerregen", wirft der fragende Kollege ein. Kluthe versucht zu motivieren: „Das sehe ich auch so. Aber ihr habt doch Erfahrungen mit so was und meist immer einen guten Riecher. Vielleicht gibt es illegalen Schrott, Wertstoffe, was weiß ich. Wir haben die Vermutung, dass ein Grund für den Tod des Schrotthändlers in den Geschäften des Mannes liegen könnten. Vielleicht machen wir es so, dass ihr den Kollegen drinnen in der Lagerhalle helft, solange es so stark regnet. Wenn das Wetter besser wird, schaut euch doch bitte nochmal um. Wenn ihr jetzt nichts findet und wir später klarere Vorstellungen haben, können wir gezielter suchen." Damit beruhigt er die Stimmung und macht sich auf den Weg nach Grebenstein zu Kollegin Sandra Völz.

# 14

(immer noch Mittwoch)

Dank des Navis findet Peter Kluthe den Weg zum Eiscafé Dolomiten in Grebenstein gut. Er parkt fast gegenüber in der Bahnhofsstraße und läuft wegen des weiter anhaltenden Regens zum Markt, unter die Sonnenschirme des Eiscafés. Die Plätze darunter sind nicht besetzt, als er die Eisdiele betritt, winkt ihm Sandra Völz von einem Tisch in der Ecke zu. „Ach gut, dass Du Dir Zeit nimmst, danke schon mal. Kommst Du direkt aus Hofgeismar? Ich geb Dir einen aus", begrüßt die Kollegin den Kollegen.

Peter Kluthe bedankt sich für die Einladung, bestellt einen Milchkaffee und ein Spaghetti-Eis und berichtet dann kurz vom Stand der Ermittlungen. „Was kann ich denn für Dich tun, wo drückt es?", fragt er abschließend Sandra.

„Das ist alles etwas verrückt. Da überfällt jemand ein kleines Sportgeschäft. Vom Umsatz her sind die so klein nicht, leben aber hauptsächlich vom Online-Handel. Zufällig waren an dem Tag tausend Euro in der Bar-Kasse, wer konnte das wissen? Der Besitzer wirkt erstmal glaubwürdig, finanziell geht es dem Geschäft auch gut, das hab' ich auf dem kleinen Dienstweg prüfen lassen. Ich glaube nicht, dass er das veranlasst hat. Der Geschäftsinhaber gibt eine halbwegs taugliche Beschreibung ab, ohne dass Gesicht und Geschlecht eindeutig sind. Der oder die Täterin flüchtet mit dem Fahrrad. Das ist an sich schon merkwürdig bei einem Überfall im Dorf bzw. einer Kleinstadt. Wir befragen also am Abend und heute alle möglichen Leute in den umliegenden Häusern, geben einen Aufruf per Rundfunk durch. Und wahrhaftig melden sich zwei Zeugen, die etwa zur Tatzeit jemanden mit Kappe auf dem Fahrrad gesehen haben. Einer sagt, die Person auf dem Fahrrad sei auf dem Weg von der

Marktstraße – dort liegt das Sportgeschäft – zum Hochzeitsberg abgebogen. Eine andere hat Fahrrad und Kappen-Person ein Stück weiter auf dem Steinweg gesehen, Richtung der Kreuzung Udenhäuser Straße / Schachtener Straße."

„Das ist doch schon 'ne Menge, was Du bisher herausgefunden hast", streut Peter Kluthe ein, „Warum brauchst Du mich denn?"

„Ah, das ist schwierig. In der Udenhäuser Straße gibt es ein älteres, fast etwas heruntergekommenes Mehrfamilienhaus, da wohnen drei Parteien drin: Ein Kunde der Drogenfahndung, Junkie, ist ein paar Mal wegen kleinerer Delikte aufgefallen, war aber im letzten Jahr nicht auffällig. Dann wohnt da eine türkische Familie, Eltern mit zwei halbwüchsigen Kindern, völlig unbescholten. Der Mann arbeitet in einem Industriebetrieb, Kinder gehen zur Schule, Mutter Hausfrau und hat wohl schwarz 'ne Putzstelle. Und dann, ebenso nicht bei uns registriert, lebt dort eine alleinerziehende junge Mutter mit zwei kleinen Kindern. Die lebt von Sozialhilfe und Kindergeld, sie hat wenig Geld, der Vater der Kinder zahlt keinen Unterhalt. Ich war mit einer Kollegin und einem Kollegen von der Schutzpolizei in Hofgeismar im Haus, weil wir die Adresse von dem Drogi hatten, und dann stand im Hausflur beim Eingang auch ein Fahrrad, das in etwa auf die Beschreibung der Zeugen passen könnte. Ganz genau haben die es aber nicht gesehen, weil alles so schnell ging. Also: Der Drogi hat ein Alibi. Der war zur Tatzeit einkaufen im Supermarkt. Das haben wir überprüft, dafür gibt es Zeugen. Der türkische Vater war an der Arbeit, die Mutter passt gar nicht zu den Beschreibungen und den beiden Kindern, die haben wir auch schon befragt, traue ich das nicht zu. Bleibt also – zumindest aus dem Haus – eventuell die arme, alleinerziehende Mutter."

„Hast Du schon mit ihr gesprochen?"

„Ja, kurz, sie wirkte offen und nett. Sie musste aber gleich weg und ihren Jungen aus der Kita holen. Wenn sie es war oder was mit dem Überfall zu tun hat … Ich hab', ehrlich gesagt, Skrupel."

„Bist Du Sozialromantikerin beziehungsweise Sozialarbeiterin oder Polizistin?" Kluthe wird lauter und merkt, wie Ärger aufsteigt.

„Nee, mir ist das rechtlich und so doch völlig klar. Ich weiß, was ich formal zu tun habe. Und Du brauchst mich auch nicht anzublaffen. Ich rede mit Dir, weil ich Dir vertraue und Du nix rumtratschst. Aber ich stecke moralisch in 'ner Zwickmühle und will wenigstens, dass Du mir zuhörst. Nehmen wir an, die Mutter war es, weil sie Geldsorgen hat, weil der Idiot von Vater nicht zahlt. Vielleicht kann sie die Miete nicht zahlen oder was sonst. So, ich nehm sie fest. Was passiert mit den Kindern? Wahrscheinlich Bereitschaftspflege. Wenn die Mutter länger verurteilt wird, für bewaffneten Raubüberfall bekommt sie mindestens fünf Jahre. Die Kinder kommen ins Heim, wahrscheinlich verliert sie das Sorgerecht. Wem hilft das alles?"

„Willst Du das unter den Tisch fallen lassen, ich meine, sie nicht weiter befragen, nur weil Du die Folgen für die Kinder siehst?"

„Nein, eigentlich nicht. Aber es gibt 'ne Seite in mir, die sagt: Tausend Euro zahlt die Versicherung des Sportgeschäftsbesitzers, das Geld hilft der Mutter. Und unsere Spuren sind trotz aller Bemühungen im Sand verlaufen."

„Mensch Sandra, ich schätze ja Deine weichen Seiten und Deine Sympathie für die Mutter. Aber das kannst Du echt nicht bringen. Wenn da jemand genau draufschaut und vielleicht später feststellt, dass Du nicht sorgfältig ermittelt hast, nicht allen Spuren nachgegangen bist... Oder diese Frau ermutigt wird, weil es gut gelaufen ist, das nächste Mal 'ne Bank zu überfallen..." Kluthe stöhnt laut auf.

Auch Sandra Völz stöhnt verzweifelt: „Ich weiß das doch alles und trotzdem tu ich mich schwer, hier weiter zu gehen. Du hast doch auch 'ne weiche Seite, zum Beispiel, wenn Du über Deine Kinder sprichst. Kannst Du mich denn nicht verstehen? Manchmal ist es echt schwierig in dem Job, wenn man das Gesetz durchsetzt und zugleich Unglück über die Menschen bringt."

„Sandra, bitte, hör auf! Klar kenne ich solche Konflikte. Aber: Nicht Du bist dafür verantwortlich, dass die Frau möglicherweise in den Knast kommt, sondern sie selbst. Sie hat sich entschieden, 'nen Überfall zu machen, auch wenn es aus Not heraus geschehen ist. Dein Job ist es, aufzuklären, wer das war, und dann müssen andere ran und abwägen. Vielleicht muss sie ja noch nicht einmal in U-Haft, keine Verdunklungs- und Fluchtgefahr. Sie wird ihre Kinder nicht allenlassen. Aber da steckt auch unendlich viel Spekulation drin..."

„Na, danke, dass Du mir zugehört hast. Sag bitte den anderen nichts. Ich denk', ich fahr jetzt heim und schlafe 'ne Nacht drüber..."

Kluthe ist noch nicht zufrieden: „Okay, ich halte meinen Mund, unser Gespräch hat nicht stattgefunden. Aber, bitte pass auf, dass Du Dich nicht in Schwierigkeiten bringst. Die Frau wird es Dir nicht danken. Habt ihr denn keine anderen Spuren?"

„Leider nichts so Konkretes. Aber nochmal: Danke. Ich lad Dich ein. Wir sehen uns morgen oder spätestens Freitag zur Kuchenbesprechung", verabschiedet sich Sandra, geht zum Bezahlen, ohne Peter Kluthe weiter anzusehen.

Kluthe schwankt zwischen Verwirrung, Mitfühlen, aber auch Ärger. Er schätzt, dass sich Sandra Völz ihm anvertraut hat, das spricht für ihr gutes Verhältnis und stärkt das Vertrauen. Andererseits fühlt er sich in den Fall reingezogen, fast ein wenig benutzt. Wollte die Kollegin eine „Freisprechung"? Und ja, er kennt solche Konflikte, vielleicht nicht so stark, wie Sandra es schilderte. Aber bei allem Verständnis für die Täterin... Es ist noch völlig unklar, ob die Frau überhaupt etwas mit dem Überfall zu tun hat. Er ist schon voll auf der Spekulationsschiene. Kluthe versucht, die Gedanken abzuschütteln, geht zum Dienstwagen und dreht das Radio auf, „Radio Bob" spielt fast ausschließlich Rockmusik. Fleetwood Mac, „Don't stop thinking about tomorrow... yesterday's gone..." Das hilft.

Es regnet immer noch leicht. Kluthe überlegt, noch einmal ins Büro zu fahren, entschließt sich aber dann, beim Garten vorbeizuschauen, um zu sehen, ob die „Baugrube" Schaden genommen hat. Nach 25 Minuten steht er vor dem Tor, da brummt sein Handy, eine SMS von Sonja Wiedemann: „Hi Peter, immer noch: Es war ein schöner Abend. Lass uns das nächste Woche unbedingt wiederholen! Liebe Grüße – Sonja." Kluthe wird heiß, er zittert ein wenig vor Aufregung und hat Schwierigkeiten, den Schlüssel ins Schloss des Gartentors zu stecken. Drin sieht er, dass das mühevoll ausgehobene Loch für das Fundament durch den Regen bestimmt zur Hälfte wieder mit Erde zugeschüttet ist. Aber es kommt kein Ärger auf. Er schließt die Tür zur Hütte auf, macht das Licht an, setzt sich in einen der beiden „Opa-Sessel", wie er liebevoll die braungrünen Plüsch-Ohrensessel vom Flohmarkt nennt. Er merkt wieder, wie ihn eine warme Welle durchströmt, atmet durch und holt sich dann ein Bier aus dem Kühlschrank. Beim Tagesgeschäft hatte er kaum an Sonja gedacht, aber jetzt grinst er breit und freut sich einfach. Sie hat sich von sich aus gemeldet und will ihn bald wiedersehen! Sie meldet sich nach einem Tag, vor dem Wochenende in Köln. „Liebe Grüße". Wahnsinn! So bleibt er gedankenversunken mindestens eine Viertelstunde sitzen. Dann antwortet er: „Liebe Sonja, ich freu mich auch jetzt schon aufs Wiedersehen. Wie wär es nächsten Dienstag? Liebe Grüße – Peter." Sofort kommt die Antwort: „Super, ist fest. Einen schönen Abend." Kluthe ist über sich erstaunt, sooo gefühlsmäßig berührt war er schon ewig nicht mehr von einer Frau. Das sitzt tief. Und fühlt sich gut an. Der Bauch knurrt aber auch vor Hunger. So antwortet er noch kurz, schließt Hütte und Garten wieder ab und fährt zur Wolfhager Straße zu „Hans Wurst". Dort gibt es, so wie viele meinen, die beste Currywurst der Stadt, und zudem ist er dann gleich zuhause. Die Warteschlange ist zum Glück nicht so lang.

# 15
(Donnerstag)

Kluthe ist wieder mit dem Rad zur Arbeit gefahren, es regnet zumindest nicht mehr. Gestern Abend hat er noch länger mit Joachim telefoniert. Das Gute und auch Praktische an der Beziehung zwischen Kluthe und Joachim Karger besteht auch darin, dass Joachim freiberuflich tätig ist. Er hat einen Kassensitz als Psychotherapeut und nebenher einen Lehrauftrag am Institut für Psychologie an der Uni Kassel. Privat lebt Karger allein, hat und hatte immer mal eine Affäre oder auch längere Liebesbeziehung, wollte aber nie mit einer Frau zusammenleben. Aus einer der Beziehungen hat er eine jetzt 16-jährige Tochter, um die er sich zuverlässig kümmert, die jedoch bei der Mutter lebt. Durch diese gesamte Lebenssituation ist er zeitlich relativ flexibel und Kluthe kann einfach mit ihm in Kontakt kommen, wenn er es braucht. Er musste mit jemanden über das Gespräch mit Sandra Völz am Vortag sprechen. Der Freund hatte auf den Berufsmodus als Psychologe geschaltet und keine Position bezogen, einfach zugehört und dann den Konflikt des Kommissars zwischen der Freundschaft zu Sandra einerseits, der Klarheit als Polizist andererseits thematisiert. Es hatte zumindest dazu geführt, das sich Kluthe verstanden fühlte und beruhigen konnte. Er hatte sich noch überlegt, auch von seinem Kontakt zu Sonja Wiedemann und seinen Verliebtheitsgefühlen zu erzählen, entschied sich dann aber dafür, das noch für sich, als sein Geheimnis zu bewahren.

Auf der Dienststelle besucht er zunächst Hamza Gündogan. Der berichtet ausführlich, dass er gestern in Bettenhausen bei zwei Lackierereien, Landsleuten, war. Er kenne diese gut, es hat ein wenig gedauert, bis altes Vertrauen wieder da war. Und so konnte er über Paul Richter sprechen und es wurde, wie Hamza sagt,

„absolut zuverlässig" bestätigt, dass der Ehemann der Geliebten des Opfers Sebastian Schäfer zum Tatzeitpunkt am Mittwochnachmittag der vorhergehenden Woche in einer der Werkstätten war, um den Oldtimer „aufzupolieren". Hamza will noch ein paar Details zu den „Jungs" aus den Werkstätten erzählen und wie gut es war, alte Verbindungen „aufzufrischen", aber Kluthe reicht es und er fragt, ob Hamza schon mehr über den Rafael Celik herausgefunden hat, der die SMS mit der Drohung verfasst hat. „Ja, ein wenig. Er ist bei uns im System, es gab einmal einen Verdacht der Hehlerei, und einmal einen Vorfall im Zusammenhang mit Zuhälterei. Man konnte ihm letztlich nichts nachweisen, aber wir haben ihn erkennungsdienstlich behandelt, also zumindest seine Fingerabdrücke und Fotos", antwortet Hamza. „Kannst Du Dich da weiter drum kümmern?", bittet ihn Kluthe, und Hamza erklärt, dass er da dranbleiben will. Kluthe bilanziert: Er ist ein wenig enttäuscht, dass die Spur mit dem Ehemann von Schäfers Geliebter im Sande verlaufen ist – andererseits können sie sich jetzt klarer auf die anderen Möglichkeiten konzentrieren. Er ist Hamza dankbar, dass er ihn unterstützt, er selbst will versuchen, den „Schmiedel" ausfindig zu machen.

Peter Kluthe geht dann in sein Büro, fährt den Computer hoch und checkt seine E-Mails. Schnell stößt er auf die Mitteilung von Beate Schöller über den anonymen Anruf, den Hinweis, dass die Vergiftung im See etwas mit dem Schrottplatz zu tun haben könnte.

Er ist augenblicklich stocksauer, dass ihn niemand, weder Beate noch Mirko Schulz, der Bereitschaft hatte, gleich informiert hat. „So 'ne Scheiße!", brüllt er durch den Raum, „Die wissen doch alle, dass ich Fallführender bin und dass das 'ne wichtige Information sein kann". Er merkt richtig, dass er vor Wut zittert. Beate hätte ihn doch anrufen können, oder Mirko ... Er greift zum Telefonhörer und ruft zuerst Beate Schöller an. „Wieso hast Du mir nicht gleich was zu dem anonymen Anruf gesagt? Du weißt doch, dass ich an der Geschichte dran bin, jetzt haben wir fast 18 Stunden verloren!" Die Kollegin merkt den Ärger und antwortet: „Nun komm mal runter. Ich konnte nicht einschätzen, ob das ernst gemeint ist, ich hab' Dich und Mirko informiert und musste dann weg, weil ich 'nen Zahnarzttermin hatte. Außerdem dachte ich, Du kommst nach Deinem Hofgeismar-Trip noch rein und liest Deine E-Mails. Ich versteh, dass Du Dich jetzt ärgerst, da waren wir aber alle dran beteiligt. Mirko hatte Bereitschaft, der hätte das doch auch weiterverfolgen können." „Okay, ich frag ihn gleich. Kannst Du mir den Gefallen tun und bei der Technik nachfragen, ob die Telefonnummer des anonymen Anrufers irgendwie zu rekonstruieren ist?"

Als Beate Schöller dies zusagt, ist Kluthe schon wieder etwas ruhiger, will aber wissen, ob Mirko Schulz schon etwas in der Sache des anonymen Anrufers unternommen hat. Das Telefon des Kollegen ist besetzt, so macht er sich auf den Weg in dessen Büro. Er klopft, tritt gleich ein, Schulz legt gerade den Telefonhörer auf.

„Ich bin stinkig! Hast Du das mit dem anonymen Anruf gestern nicht mitbekommen? Beate hat Dir doch 'ne Mail geschickt, und Du hattest Bereitschaft. Du hättest mich zumindest anrufen können", poltert Kluthe los.

„Mach mal langsam. Du weißt doch selbst, wie es hier manchmal abgeht. Gerade, als ich mich richtig mit dem Anruf befassen wollte, kam die Meldung von dem Tötungsdelikt im Aldi in der Wittrockstraße rein. Riesenaufregung, stand doch heute auch schon dick in der HNA", entgegnet Schulz, der jetzt seinerseits lauter wird.

Kluthe lenkt ein: „Nee, das hab' ich noch nicht mitbekommen, nur irgendwie was im Autoradio kurz gehört gestern. Was war denn da los?"

„Da hat einer in der Schlange an der Kasse in dem Aldi plötzlich 'ne Pistole gezogen, drei Schüsse auf eine Frau in der Schlange, 38 Jahre alt, abgefeuert. Es spritzte Blut, Kunden und Kassiererin waren geschockt, haben geschrien. Einer war so geistesgegenwärtig, dass er gleich die 110 angerufen hat. Als die Schutzpolizei dann vor Ort war – das waren wirklich nur sieben Minuten – da hatte der Schütze sich schon selbst erschossen. Die haben dann natürlich gleich bei uns angerufen und ich bin sofort hin, die Spurensicherung kam später dazu.

Das war eine Wahnsinnsaufregung, ich musste beruhigen und sicherstellen, dass Zeugen befragt werden. Ich hab' dann noch die Notfallseelsorge herbeigerufen, weil viele Leute völlig durcheinander waren."

„Auweia!, alles gut, verstehe, dass dann die Sache mit dem Anruf weggerutscht ist. Wie ist das denn im Aldi ausgegangen? Beziehungstat?" Kluthe ist wirklich interessiert.

„Nun, ich konnte den Tathergang gut rekonstruieren, es waren ja etwa zehn Personen im Kassenbereich. Und der Schütze und dann Selbstmörder, ein 45-jähriger Bankangestellter, Deutscher diesmal, hatte acht Tage vorher erfahren, dass seine Frau – das ist die Tote – eine andere Beziehung hatte und sich trennen wollte. Er hatte einen Abschiedsbrief in der Jackentasche. Auf seinem Handy haben wir viel WhatsApp-Chats zwischen den beiden entdeckt, die das bestätigen. Sie war wohl vorgestern dann zu dem neuen Mann gezogen, hatte zumindest nicht mehr zuhause übernachtet. Ich muss heute noch das Umfeld der beiden befragen. Und dann müssen wir rausbekommen, wie der Typ an die Waffe gekommen ist", schließt Mirko Schulz seinen Bericht über die Vorkommnisse am Vortag.

Kluthe wünscht gutes Gelingen und geht erst einmal wieder in sein Büro. Dort findet er eine neue Nachricht vor, dass die Kollegen aus der KTU mit ihm über die Untersuchungen auf dem Schrottplatz gestern sprechen möchten. Gerade als er sich auf den Weg zu deren Räumen machen will, klingelt das Telefon und Beate Schöller berichtet, dass die zentrale Technik die Telefonnummer ausfindig machen konnte, die zu dem anonymen Anrufer gehört. Sie liest ihm die Nummer vor und sagt, dass sie ihm diese auch gleich noch per Mail schicken will. Mit gleicher Mail schickt sie die Audiodatei des Anrufs. Als der Kommissar die Nummer – es ist die eines Handys – sieht, kommt sie ihm bekannt vor. Er kann sich aber nicht gleich erinnern und über das einfache Telefonnummern-Rückverfolgungssystem gibt es keine Auskunft. Er wählt die Nummer – es meldet sich niemand, auch kein Anrufbeantworter. Also ruft er wieder Beate an, bittet sie, beim vermutlichen Netzanbieter, den Namen des Besitzers der SIM Karte herauszubekommen. Er hört sich dann die Audiodatei an. Der Satz „Der See in Northeim, das hat was mit Schäfer zu tun" ist klar zu verstehen, die Stimme ist etwas verstellt beziehungsweise verzerrt.

Kluthe sucht dann im Polizeiinternen Informationssystem (PIS) und über Google nach Berichten über den „See in Northeim" und vergisst darüber, dass die KTU ihn sprechen will. Es stellt sich heraus, dass eine Hundebesitzerin ihre Tiere im See schwimmen lassen wollte und diese dann im Wasser bzw. am Rande verendet sind. Die Hundebesitzerin rief Polizei und Feuerwehr, der See wurde abgesperrt und es wurden Gewässerproben entnommen. Die erste Analyse ergab Hinweise auf verschiedene Giftstoffe wie Arsen, DDT und auch eine sehr hohe Blei-, Chrom- und Nickel-Konzentration im Wasser. Die Feuerwehr suchte mit einem Boot den Teich ab und fand ein aufgeplatztes Blechfass in Ölfassgröße sowie Autoschrottteile in der Nähe des Ufers. Im Polizeibericht wurde beschrieben, dass eine Art Waldweg zu dieser Fundstelle führte. Der gesamte Bereich wird intensiv auf Spuren, vor allem auch Autoreifenspuren, untersucht. Da keine weiteren, detaillierteren Erkenntnisse im PIS aufzufinden sind, entschließt sich Peter Kluthe, die Kollegen in Northeim anzurufen.

Just in diesem Moment klingelt wieder das Telefon, Beate Möller: „Ich hab' den Namen des anonymen Anrufers. Es handelt sich um einen gewissen Jakub Blaszinsky, gemeldet in Hofgeismar". Kluthe ist elektrisiert, bedankt sich. Zugleich fällt ihm ein, dass er Blaszinsky heute für 10 Uhr einbestellt hat. Mittlerweile ist fast 11.30 Uhr und der Angestellte des Schrotthändlers ist nicht aufgetaucht. Er versucht noch einmal die Handynummer anzurufen, es meldet sich niemand. Er überlegt, wie er weiter vorgehen soll. Zunächst wählt er die Nummer von Frau Schäfer, die müsste eigentlich wissen, wo der Blaszinsky ist. Frau Schäfer meldet sich gleich und ist in Unruhe: „Ich weiß auch nicht, wo der Jakub steckt. Gestern Abend war er noch da, zum Abendessen. Er wirkte bedrückt, wollte aber auch nicht erzählen, was los ist. Beim Rausgehen hat er mich sogar gedrückt, das war ungewöhnlich. Er wollte dann heute früh kommen. Um mit mir in

Ruhe zu besprechen, wie es mit dem Betrieb weiter werden soll. Er sagte, er schafft die Arbeit nicht mehr. Und dann ist er nicht gekommen, ich mach mir Sorgen." „Haben Sie ihm denn gesagt, dass er heute um 10 Uhr hier im Kommissariat sein soll?", fragt Kluthe. "Oh, nee, das hab`ich vergessen, ach, tut mir leid. Jakub wirkte so verschlossen, irgendwie ist mir das durchgerutscht." Kluthe stöhnt laut und hörbar, knurrt ein „Mist" – am anderen Ende fängt Frau Schäfer an zu schluchzen. „Es tut mir doch so leid. Wie soll es denn jetzt weitergehen? Lassen Sie den Jakub suchen?" Kluthe versucht zu beruhigen: „Ja, wir versuchen weiter, Kontakt aufzunehmen. Wenn er sich bei Ihnen meldet, soll er unbedingt gleich mich anrufen. Ich melde mich, wenn ich etwas weiß". Dann verabschiedet er sich.

„Heute scheint ein Tag zu sein, an dem Vieles passiert, aber nix grade läuft", denkt sich Peter Kluthe. „Und zudem ist es schlecht, dass ich allein an der Sache dran bin. Es sind grad zu viele Informationen gleichzeitig einzuholen und Dinge zu organisieren." Er kennt sich in diesen Zuständen. Er muss aufpassen, die Ruhe zu bewahren, nicht in völlige Hektik zu verfallen und einen klaren Kopf zu behalten und noch einmal nach Unterstützung zu schauen. So macht er sich eine kleine Liste mit zu erledigenden Dingen: „Blaszinsky finden, Kollegen in Northeim anrufen, Informationen über das Gift im See bzw. Giftmüll sammeln, mit der Spurensicherung über die Durchsuchung gestern sprechen". Zugleich hat er Hunger.

Kluthe ruft bei der Polizeistation in Hofgeismar an und bittet die diensthabende Kollegin, einen Streifenwagen zum Schrottplatz als auch zur Wohnung von Jakub Blaszinsky – er wohnt in einem Mehrfamilienhaus in der Straße „Ziegenrück" – zu schicken und dort vorbeizuschauen. Wenn er dort angetroffen wird, sollen sie versuchen, ihn festzuhalten oder ihn nach Kassel ins Präsidium zu begleiten. Rechtlich ist das nicht so einfach, denn Blaszinsky hat offensichtlich keinen Gesetzesverstoß begangen, aber vielleicht ist er zu überzeugen. Die Kollegin versteht zwar das Anliegen, ist aber zögerlich, weil im Moment alle anderen unterwegs und beschäftigt sind, es habe zum Beispiel zwei

Verkehrsunfälle gegeben. Kluthe weiß, dass er nicht zu starken Druck aufbauen kann, das erzeugt Gegenreaktionen. Er könnte zwar über die Polizeihierarchie, seinen Chef und die Führungsebene der Schutzpolizei, klare Anordnungen veranlassen, möchte jedoch das gute Verhältnis zu den Kolleginnen und Kollegen aus Hofgeismar nicht schädigen. Also atmet er noch einmal ruhig durch und bittet die Kollegin eindringlich, möglichst bald einen Wagen bei den beiden Orten vorbeizuschicken.

Dann geht er in die Kantine zum Mittagessen.

# 16
(Donnerstag)

In der Kantine trifft Peter Kluthe den Kripo-Kollegen Phillip Habedank. Sie erzählen sich kurz von der aktuellen Situation und Kluthe fragt, ob Phillip etwas Luft habe, um zum Thema illegale Abfall- und Giftmüllentsorgung zu recherchieren. Er braucht zunächst nur einen groben Überblick. Phillip sichert ihm zu, zu versuchen, das zwischen seine sonstige Arbeit zu schieben und ihm heute noch eine Mail zu schicken – auch wenn er nicht zum Recherchieren gekommen ist.

Zurück im Büro telefoniert Kluthe mit der Polizeiinspektion Northeim. Nach mehreren Nachfragen und Weiterverbindungen landet er beim zuständigen Fachkommissariat. Im Weiterleitungsprozess wurde deutlich, dass es zunächst Zuständigkeitsprobleme zwischen dem Fachkommissariat für Wirtschaftskriminalität und dem für Diebstahl und Sachbeschädigungen, bei dem auch Umweltdelikte angesiedelt sind, gab. Die zuständige Kommissarin berichtet zunächst das, was Kluthe auch schon im PIS gelesen hatte. Um nicht unhöflich zu wirken, hört er zu, fragt dann nach: „Gibt es denn konkretere Spuren, zum Beispiel an der Stelle, wo womöglich die Fässer ins Wasser gebracht wurden? Oder in dem Zufahrtsweg". Die Kommissarin berichtet, dass man Lkw-Spuren gefunden und im Wasser noch zwei nicht defekte Fässer geborgen habe. Diese Fässer enthalten ebenfalls giftige Substanzen, ähnliche Zusammensetzungen, wie sie auch im Seewasser gefunden wurden. Die Fässer würden weiter auf Zeichen der Herkunft untersucht. Bei der Zufahrt am See werden Anlieger befragt und die Bevölkerung um Hinweise gebeten. Mehr könne sie nicht sagen. Peter Kluthe ist ein wenig enttäuscht, bedankt sich und bittet, dass neue Informationen auch direkt an ihn weitergegeben werden.

Die Stimmung von Peter Kluthe sinkt, je länger der Tag dauert. So richtig geht nichts voran. Welchen Zusammenhang soll es zwischen dem Tod auf dem Schrottplatz und dem Giftmüll im Northeimer See geben? Aber Blaszinky muss etwas gewusst haben, sonst hätte er nicht angerufen ... Er kommt allein nicht weiter und geht in die Räume der KTU, der Spurensicherung. Dazu muss er drei Stockwerke nach unten fahren, im Flur kommt ihm Silke Horchler, die Leiterin der Abteilung, entgegen. Silke, eine etwas kräftigere Frau Anfang fünfzig mit auffallend rot gefärbten, langen Haaren, wirkt oft etwas kratzbürstig, wird allerdings von allen Kollegen und Kolleginnen sehr geschätzt. Sie verfügt über ein sehr großes Maß an Erfahrung und gibt ihr Wissen systematisch an die jüngeren Teammitglieder weiter. Vor etwa zehn Jahren war sie für drei Jahre in den USA, in San Francisco und in London, um sich weiterzuqualifizieren. Als sie zurück kam wurde ihr die Abteilungsleitung übertragen und sie musste gleich neue EU-Standards bei der Spurensicherung umsetzen. Das sorgte zunächst für Konflikte im Team, die neuen Arbeitsformen und -methoden stießen bei einigen älteren Kollegen auf wenig Gegenliebe, einige ließen sich versetzen. Silke hatte kämpfen müssen, wodurch sie auch „härter" und vorsichtiger wurde. Zugleich hat sie für sich und ihre Abteilung einen hervorragenden Ruf erarbeitet, weil sie als sehr genau gilt, „Silke sieht und horcht alles" ist der gängige Spruch. Peter Kluthe hat großen Respekt vor der Kollegin und ihrer Arbeit und lässt sich durch ihre manchmal anfangs ablehnende Stimmung nicht mehr abschrecken.

Silke Horchler begrüßt den Kommissar mit den Worten „Du willst bestimmt wissen, was gestern in Hofgeismar auf dem Schrottplatz herausgekommen ist, ich brauch aber Doping" und schiebt ihn dann in den kleinen Aufenthaltsraum der KTU, in dem es ebenfalls einen Kaffeevollautomaten gab. Die Quelle hierfür ist unklar.

„Ja, heut komm ich nicht so recht voran, alle anderen sind mit eigenen Fällen zugedeckt, da hoffe ich auf Dich. Ihr habt mir ja 'ne Nachricht geschickt, dass ich mich melden soll", beginnt Kluthe das Gespräch.

„Also, wir haben nochmal 'ne Menge gesammelt und sind dabei das auszuwerten. Morgen früh komme ich auch zur Fallbesprechung, dann wissen wir hoffentlich noch mehr. Die Kollegen, die vor Ort waren, hatten sich ja zunächst auf das Büro und die Werkstatt konzentriert.

Drin im Büro haben wir nochmals Fingerabdrücke gesichert, sogar Haare gesammelt, für mögliche DNA-Vergleiche. In dem abgeschlossenen Schrank waren Aktenordner, die haben wir alle mitgenommen. Wir werden versuchen, diese vorzusichten, dann bekommst Du sie auf den Schreibtisch. Es sind, auf den ersten Blick, Geschäftsvorgänge, Rechnungen, Verträge und sowas. Und wir haben in einer hinteren Ecke noch eine Geldkassette gefunden, allerdings auch verschlossen. Da weiß ich nicht, ob wir diese aufmachen können, eigentlich muss die Witwe zustimmen. Kannst Du nachfragen?" Als Kluthe nickt, fährt Horchler fort:

„Später, als der Regen nachgelassen hatte, sind sie nochmal über das Gelände gegangen. Der Gruppenleiter hat mir berichtet, dass es da mittlerweile wohl chaotisch aussieht. Was sie aber draußen gefunden haben waren zwei gar nicht mal so alte Ölfässer, leer; sie haben dann Bodenproben genommen und da gab es Spuren von Gift, vor allem von Arsen und auch Spuren von DDT. Das ist insofern merkwürdig, weil DDT bei uns seit Ende der Siebzigerjahre verboten ist. Wir werten das jetzt genauer aus."

Kluthe ist aufgrund der letzten Sätze sofort hellwach: „Das wäre super, wenn man genauer wüsste, welche Chemikalien das sind und wie die genaue Zusammensetzung ist. In der Nähe von Northeim gab es die Vergiftung eines Sees. Da wäre es gut, wenn man die Stoffe vergleicht, vielleicht gibt es einen Zusammenhang. Und dann kämen wir einem möglichen Motiv näher. Wenn ich Dir die Daten der Kollegin aus Northeim gebe, kannst Du versuchen, das bis morgen hinzubekommen?"

„Wir versuchen es, das wird ja echt spannend ... Ich komme auf jeden Fall morgen früh dazu. Also denn, an die Arbeit", beendet Silke Horchler das Gespräch. Später fällt Kluthe ein, dass sie nichts zu möglichen Funden in der Werkstatt gesagt hat, da kann er sie aber morgen fragen.

Auf dem Weg ins Büro schaut Kluthe kurz beim Chef Dieter Leonhardt vorbei und bringt ihn auf den Stand. „Leo" bietet an, morgen zur Fallbesprechung hinzuzukommen, Kluthe nimmt dankend an. Auch wenn der Chef sehr selten im operativen Geschäft mitmacht, so bringt er zumeist seine Erfahrung – auch mit etwas Distanz zum Fall – so ein, dass es neue Anregungen gibt. Leonhardt meint noch, dass es sehr wichtig sei, den Angestellten Blaszinsky schnell aufzutreiben. Das wiederum weiß Kluthe selbst.

Und so ruft er wieder bei der Schutzpolizei in Hofgeismar an; Blaszinskys Handy war stumm geblieben. Die Kollegin vom Vormittag hat ihre Schicht beendet, ein anderer Kollege muss erneut überzeugt werden, dass noch einmal ein Streifenwagen beim Schrottplatz und bei der Wohnung von Blaszinsky vorbeifährt.

Es ist späterer Nachmittag und Kluthe hat aus seiner Sicht alles getan, um die vorhandenen Spuren aufzugreifen, die Besprechung morgen wird hoffentlich weitere Erkenntnisse bringen. Er liest noch die Mail von Phillip Habedank, der zum Thema Giftmüll recherchiert hat: „Jahrelang wurde Giftmüll aus dem Westen Deutschlands in die damalige DDR exportiert, das war ein regelrechter offizieller Handel nach dem Motto ‚Dreck gegen Devisen'. Es wurden eine Reihe von Deponien, z.B. die Schöneberger Deponie in Selmsdorf, extra für die belasteten Abfälle aus der BRD, neu gebaut. Nach der ‚Wende' wurde der Giftmüll im Großraum Ostdeutschland, Tschechien und Polen verschoben, zum Teil gab es halblegale Deponien in Rumänien. Als deutlich wurde, welche Langzeitfolgen für die Umwelt damit verbunden sind, verschärfte die Europäische Union die Strafen. Eine internationale Zusammenarbeit der Polizei führte dazu, dass eine Reihe von Entsorgungsfirmen belangt werden konnte – der illegale Handel kam nahezu zum Erliegen. Parallel wurden sicherere Deponien gebaut, dadurch erhöhten sich allerdings die Entsorgungskosten für gefährliche Abfälle sehr deutlich.

Giftmüll aus Europa, auch aus Deutschland, taucht zwischenzeitlich in verschiedenen Ecken der Welt auf. So gibt es immer wieder Funde in Afrika, in Kalifornien wurden 2021 vor der Küste von Los Angeles 27 000 Fässer mit DDT entdeckt. Eine längere Tradition hat die Müllentsorgung über die italienische Mafia, so sind im Großraum Neapel mehrfach illegale Deponien entdeckt worden, ohne dass die Wege des Mülls von Deutschland und die Verantwortlichen dauerhaft enttarnt werden konnten. In den letzten Jahren gibt es vereinzelte Hinweise, dass es Giftmüll-Lieferungen auf dem Seeweg nach Asien gibt – allerdings konnten dazu keine Beweise oder Täter gefunden werden. Die zuständigen Abteilungen in den Regierungspräsidien sind unterbesetzt und bei den verschiedenen Kriminalpolizei-Abteilungen in verschiedenen Regionen und Bundesländern hat das Thema keine Priorität, es gibt selten Zuständige und keine koordinierte Kooperation der Dienststellen untereinander. Wenn ein Fall auftaucht oder ein Unfall geschieht, ist das Wehklagen groß, und es werden Maßnahmen versprochen – bisher ist nichts Systematisches passiert."

Auch wenn in der Mail keine Details stehen, so wird doch deutlich, welche Brisanz das Thema Giftmüll hat – und dass wohl durchaus Zusammenhänge zum Fall bestehen können.

Kluthe will gerade nach Hause, hat geplant, noch eine Runde zu joggen, als ihn Sandra Völz anruft und ihn zum Abendessen bei sich einlädt. Sie wolle den Streit von gestern ausräumen und hätte Neuigkeiten. Ein Essen bei Sandra und Familie ist allemal besser, als zu joggen und so sagt er freudig zu.

# 17
(Freitag)

Der Abend bei Sandra Völz, ihrer Frau und der kleinen Tochter war sehr entspannend. Das Paar lebt in einem Reihenhaus in Ihringshausen in der Nähe des Waldschwimmbads mit Blick über Felder und das Fuldatal. Sie saßen bis spät abends auf der Terrasse, Sandras Frau hatte gegrillt. Peter Kluthe und Sandra hatten noch kurz die Diskussion von gestern wieder aufleben lassen, allerdings hatte sich das Grundproblem auf einfache Weise gelöst: Die alleinerziehende Mutter aus dem Haus in der Udenhäuser Straße hatte zwar kein eindeutiges Alibi – sie sei zuhause bei den Kindern gewesen, gab sie an. Sie gab allerdings auch den Hinweis, dass in der Wohnung des Mannes mit der Drogengeschichte noch ein zweiter lebte, der seinerseits spielsüchtig ist. Sandra war dann gestern erneut mit zwei Kollegen von der Schutzpolizei zu dem Haus gefahren, hatte diesen Mann vorgefunden. Er hatte sich gleich bei der ersten Befragung noch in der Wohnung in Widersprüche verwickelt. Die Polizisten hatten den Mann dann mitgenommen und er wurde in Hofgeismar von Sandra und dem dortigen Dienststellenleiter verhört. Bereits nach kurzer Zeit hatte er den Raubüberfall gestanden. Auf diese Weise war Sandras moralisches Dilemma gelöst, wenngleich Peter Kluthe nach wie vor das Verständnis für die Überlegungen der Kollegin fehlte.

Vor diesem Hintergrund ist Kluthe recht gut gelaunt aufgestanden und wieder mit dem Rad zur Arbeit gefahren. Zur Vorbereitung auf die Fallbesprechung schaut er noch kurz in die Fallakte und notiert für sich die wichtigsten bisher bekannten Tatsachen. Pünktlich um 8.30 Uhr versammeln sich neben Kluthe noch Dieter Leonhardt, die Leitung der KTU, Silke Horchler, der

Kollege Manuel Franke vom Kommissariat für Wirtschaftsverbrechen und Hamza Gündogan im Besprechungsraum.

Kluthe gibt zunächst einen Überblick über den Stand der Ermittlungen: Schäfer ist mit größter Sicherheit durch Fremdeinwirkung gestorben, der zunächst verdächtigte Ehemann der Geliebten des Opfers hat ein bestätigtes Alibi. Im Büro, in der Werkstatt und auf dem Gelände gibt es viele Spuren, eine eindeutige Zuordnung konnte – über die bekannten Personen, Schäfer, seine Frau, Blaszinsky hinaus – bisher nicht vorgenommen werden, über weitere Analysen wird gleich noch Silke Horchler berichten. Und dann gibt es noch die Droh-SMS von dem Rafael Celik.

Hamza Gündogan springt darauf an: „Der ist wohl als Zuhälter tätig, das haben meine Recherchen ergeben, ich hab' ihn aber noch nicht sprechen können, er ist nicht ans Telefon gegangen. Ich werde ihn heute aufsuchen." Kluthe bedankt sich, fährt dann mit seiner Zusammenfassung fort: Auffallend ist, dass Schäfer seit etwa zwei Jahren deutlich mehr Geld gehabt haben muss, dafür sprechen die vielen Neuanschaffungen und die angefangene Reparatur des Hauses. Und dann gibt es noch den ominösen Geschäftspartner „Schmiedel", über den es bisher keine klaren Informationen gibt. Und es gibt weiterhin Hinweise auf eine Verbindung mit der Verseuchung eines Sees bei Northeim mit Gift und Aktivitäten auf dem Schrottplatz.

Silke Horchler will gerade das Wort ergreifen, als Leonhardt sich sehr deutlich dazwischenschiebt: „Mir scheint der Blaszinsky ein Schlüssel zu sein. Habt ihr den noch nicht ausführlich befragt?" Kluthe wird ein wenig rot, antwortet stockend: „Er ist nicht gekommen, als ich ihn vorgeladen hab'. Ich hab' dann die Kollegen vom Polizeiposten in Hofgeismar mehrfach gebeten, ihn am Schrottplatz oder in seiner Wohnung aufzusuchen und dann auch möglichst nach Kassel zur Vernehmung zu bringen. Dafür gibt es meines Erachtens zwar keine rechtliche Handhabe, aber ich hab's eindringlich formuliert. Offensichtlich sind sie ein paar Mal vorbeigefahren, haben aber auch viel Anderes zu tun, es war schwer, überhaupt jemanden zu motivieren." Der Chef wird ungehalten: „Dann sollen sie das Auto suchen und ansonsten in die Wohnung eindringen. Wir brauchen den Mann! Ach, ich rufe selbst an und mache Druck" – er verlässt kurz das Besprechungszimmer, um mit Hofgeismar zu telefonieren.

Nun kommt dann doch Silke Horchler zu Wort. Sie berichtet zunächst, dass sich in den Aktenordnern bei einer genaueren Durchsicht keine substantiellen Hinweise auf Gründe für den Tod des Schrotthändlers gefunden haben: „Das war alles in allem eher schlampig geführt. Er hat Rechnungen gesammelt und Betriebsanleitungen für seine verschiedenen Geräte. Da ist auffallend, dass seit etwa zwei Jahren deutlich mehr gekauft wurde. Geschäftskorrespondenz im klassischen Sinne gibt es nicht. Ein Ordner mit Versicherungen. Auch ein paar Kopien von Ausgangsrechnungen, mir scheint aber, dass Vieles bar gelaufen ist. Das ist natürlich nicht nachvollziehbar. Die Fingerabdrücke konnten wir überwiegend dem Opfer und dem Angestellten zuordnen. Aus unserer Kartei findet sich niemand.

Wieder unterbricht Hamza: „Habt ihr wirklich keine Spuren von dem Celik gefunden, der ist in der Kartei." Silke Horchler reagiert ein wenig genervt: „Meinst Du, wir sind nicht genau? Es gab keine Entsprechungen, aber ich werde diesen gezielten Vergleich noch durchführen." Sie führt ihren Bericht fort: „Wir haben unbekannte Fingerabdrücke auf dem Druckluftnagler, da scheint versucht worden zu sein, diese abzuwischen. Und es gibt vage DNA-Spuren außer denen von Herrn Schäfer. Auf dessen Kleidung konnten wir kleine Hautfetzen einer anderen, männlichen, Person identifizieren, auch eine Art Schweißtropfen auf dem Nagler, hier stimmen die Proben überein."

„Na, das vervollständigt doch das Bild", wirft „Leo" ein. „Wir können also davon ausgehen, dass jemand anderes auch das Ding bedient oder benutzt hat und vermutlich dem Schrotthändler den Nagel in den Kopf geschossen hat. Ich hab' übrigens den Jungs in Hofgeismar 'ne Ansage gemacht, sie sollen die Tür aufmachen, wenn sie den Blaszinsky nicht antreffen", ergänzt er.

„Bevor wir über mögliche Personen sprechen, würde ich Deinen Bericht gern zu Ende hören, Silke", meldet sich Kluthe zu Wort.

„In der Werkstatt haben wir nichts Neues, Wesentliches gefunden. Anders war es draußen. Als der Regen aufgehört hat, haben wir uns das Außengelände nochmal vorgenommen. Dabei sind uns neben viel Unordnung zwei Dinge aufgefallen: Zum einen waren da die Fässer, ich hab' das Peter schon erzählt. Das sind Ölfässer, gar nicht mal so alt. Drin war wohl in der Tat Öl, vielleicht waren sie für noch etwas Anderes vorgesehen. Wir haben Proben vom Boden um die Fässer herum genommen analysiert. Es fanden sich in der Tat giftige Substanzen, vor allem Arsen und DDT. DDT ist ja seit langem verboten, aber es ist klar nachweisbar. Wir haben auch heute Morgen früh noch einen Abgleich mit den Stoffen gemacht, die bei und in dem See bei Northeim gefunden wurden – es ist die gleiche Substanz. Also da scheint es wirklich einen Zusammenhang zu geben und der anonyme Anruf war stimmig. Ihr bekommt zu dem Ganzen noch einen ausführlichen schriftlichen Bericht."

Nach diesem Bericht kommt Unruhe im Team auf, mehrere reden gleichzeitig los. Der Chef sorgt für Ruhe, gibt Peter Kluthe das Wort, der seine Hypothese formuliert: „Es kann gut sein, dass illegale Müllentsorgung eine Rolle bei dem Ganzen spielt. Damit kann man offensichtlich viel Geld verdienen, das hat gestern Philipp Habedank recherchiert. Und es scheint, erstmal vorsichtig gesagt, dass Schäfer darin verwickelt war." Hamza Gündogan wendet ein: „Wie soll der das denn hinbekommen haben? Der kann doch nicht überall in allen Seen das Gift verteilt haben. Und dass er Kontakte zur italienischen Mafia hatte, das bezweifele ich, so provinziell, wie sich das bisher alles darstellt."

Silke Horchler meldet sich noch einmal zu Wort: „Die zweite Sache, die uns draußen aufgefallen ist, passt zu dem Ganzen – und das wirkt schon professioneller: Wir haben bei der Schrottpresse eine Form gefunden. Damit kann man offensichtlich die Schrottwürfel so pressen, dass Platz für ein Fass bleibt. Mit 'ner zweiten Pressung mit Schrott kann man dann den Schrottwürfel gewissermaßen verschließen. Also könnten die Giftfässer in den Schrottwürfeln versteckt worden sein." Hamza wiederholt seine Zweifel: „Denkt ihr wirklich, der Schäfer war dazu in der

Lage? Und der andere, der Angestellte, doch schon gar nicht. Wie wollen die denn die Kontakte hergestellt haben? Das sieht bei denen insgesamt doch nach Chaos aus." Kluthe greift jetzt wieder ein: „Das stimmt bei oberflächlicher Betrachtung, aber es gibt ja diesen ‚Schmiedel' oder noch andere. Lasst uns doch mal hören, was die Jungs von der ‚Wirtschaft' herausgefunden haben."

„Nun, es ist in der Tat so, dass der Schrotthändler Schäfer seit gut zwei Jahren langsam, aber stetig steigende Einnahmen hat", leitet Manuel Franke seinen Bericht ein. „Da gibt es zum einen Bareinzahlungen, regelmäßig, immer deutlich unter der Grenze, dass diese gemeldet werden müssten. Zum anderen sind es Überweisungen. Die gab es natürlich vorher auch, auffallend ist aber, dass sie häufiger von der Schmiedel GmbH und Co. KG gekommen sind. Hier taucht der Name also auch auf. Die für uns nachvollziehbaren Einnahmen sind übrigens immer korrekt gebucht und versteuert worden, da war Schäfer offensichtlich genau und wollte nicht auffallen. Die ebenfalls gestiegenen Ausgaben waren dann für Anschaffungen in der Firma, Werkzeuge, der zwar gebrauchte, aber relativ neue Lkw mit dem Kran und ähnliches. Das war alles finanziert, Schäfer brauchte keine Kredite."

„Habt Ihr denn etwas Genaueres über diese Schmiedel-Firma herausbekommen?", fragt Leonhardt nach.

„Nun, das ist gar nicht einfach. Eine GmbH ist ja haftungsbeschränkt und hinter ihr können Privatpersonen, aber auch wieder Gesellschaften oder Organisationen als Gesellschafter stehen. Und dann können sogenannte Komplementärgesellschafter beteiligt sein und man kann das weiter verschachteln. Die Schmiedel-Firma ist im Handelsregister von Bremerhaven eingetragen. Gesellschafter ist zum einen ein Heinrich Schmiedel, der ist aber schon über 80 Jahre alt. Und dann gibt es als eine Komplementärgesellschaft eine GmbH, deren Alleingesellschafter Jonathan Schmiedel ist, geboren 1978, also jetzt gut 40 Jahre alt. Dieser Jonathan ist Geschäftsführer beider Gesellschaften, hat also im Prinzip das Sagen. Dann gibt es noch eine weitere Komplementärgesellschaft, die Asia Import-Export Ltd., die bei der Schmiedel GmbH & Co. KG die größte Einlage gemacht hat, aber laut der Verträge keine Stimmrechte hat. Alles etwas merkwürdig. Wir versuchen jetzt, mehr über die Asia Ltd. herauszubekommen, nicht ganz einfach, weil sie ihren Sitz in London hat, es aber eine Briefkastenfirma zu sein scheint. Wir brauchen Genehmigungen, um hier die Geldflüsse nachvollziehen zu können, das kann aber etwas dauern. Auch weil das mittlerweile außerhalb der EU liegt", erläutert Manuel Franke.

„Gibt es denn einen Wohnsitz, Telefonnummern, was weiß man sonst noch?", fragen die Kollegen durcheinander. Franke berichtet, dass es den Firmensitz in Bremerhaven mit Telefonnummer gibt. Da existiert ein Anrufbeantworter, es hat sich bisher niemand von der Firma gemeldet. Allerdings habe er die Kollegen aus Bremerhaven um Amtshilfe gebeten: Sie sollen zum einen das Büro aufsuchen und direkt nach Herrn Jonathan Schmiedel und seinen Kontakten zu dem Schrotthändler Schäfer fragen. Zum anderen sollen sie versuchen, vor Ort zu recherchieren, was es mit der Firma auf sich hat.

Hamza Gündogan wirft noch ein, dass es auch noch eine offene Telefonnummer gibt, die bisher nicht zugeordnet werden konnte, „vielleicht ist es ja die von dem Schmiedel, da hat es häufige Kontakte mit Schäfer gegeben. Lass uns 'ne Telefonüberwachung machen", schlägt er vor.

Jetzt bremst der Chef: „Ja, es ist wichtig herauszubekommen, ob es da einen Zusammenhang gibt. Aber ich glaube nicht, dass wir ohne klareren Verdacht die Genehmigung für eine TÜ bekommen." „Was brauchen wir denn noch? Es ist doch Gefahr im Verzug, es verdichtet sich alles", drängelt Hamza.

Peter Kluthe beruhigt und verteilt dann Aufgaben: Hamza soll zum einen den vermutlichen Zuhälter Celik befragen. Zum anderen soll er versuchen, die Telefonnummer zuzuordnen und schon einmal mit dem Staatsanwalt sprechen, ob es Chancen für eine TÜ gibt. Die Wirtschaftsabteilung bleibt an den Geldflüssen und an dem Firmengeflecht dran. Silke Horchler wird gebeten, sich mit ihrem Team mit der Schrottpressform weiter zu befassen, vor allem mit der Frage, ob damit Giftfässer transportiert werden konnten. Er selbst will den Wohnort von Jonathan Schmiedel herausbekommen, persönlichen Kontakt aufnehmen und ihn direkt befragen, falls er in der Nähe von Kassel wohnt. Die Gruppe verabredet, sich am Montagnachmittag, 14 Uhr wieder zu treffen.

# 18
(Freitag)

Gerade als sich Kluthe Notizen von den morgendlichen Erkenntnissen machen und die Fallakte vervollständigen will, klingelt das Telefon: Der Chef, Leo, ruft an: Die Kollegen von der Schutzpolizei waren vor der Wohnung von Blaszinsky. Der hat wieder nicht aufgemacht, da haben sie die Wohnung aufgebrochen und den Mann tot in seiner Wohnung aufgefunden, er würde in einer Blutlache liegen. Sie haben gleich ihn als Chef angerufen, weil er so aufgebracht war. Kluthe stöhnt laut auf: Er hat ja am Wochenende Bereitschaft und jetzt offenbar den zweiten Todesfall am Hals. „Leo, gibt es jemand, der oder die mich unterstützen kann", fragt er. „Du weißt doch selbst, wie es im Moment bei uns aussieht. Und es ist Dein Fall, ich gehe davon aus, die Todesfälle hängen zusammen. So musst Du das auch noch mit koordinieren. Vielleicht hat Sandra ja Luft, deren letzte Geschichte müsste doch geklärt sein. Dann kann sie sich drum kümmern, mehr über den Schmiedel herauszufinden. Fahr Du nach Grebenstein in die Wohnung, aktiviere die Spurensicherung – wieder einmal. Und ich frage Sandra. Hamza hat von Dir den Auftrag und darum gebeten, dass er direkt nach der Kuchenbesprechung weg kann, er hat ein Familienfest, ein Cousin heiratet. Das hab` ich ihm zugesagt. Ich bleibe hier, bis Du aus Grebenstein zurückkommst, dann besprechen wir die weiteren Schritte und ich informiere Dich über die Besprechung um 13 Uhr", bietet der Chef konkret Unterstützung an.

Kluthe hatte sich zwar fürs Wochenende nichts Konkretes vorgenommen, der Bereitschaftsdienst ist unberechenbar. Aber auf noch eine Leiche in seinem Fall hat er gar keine Lust. Nun gut, er informiert Silke Horchler, die gleich zusagt, noch ein Team der „Spusi" zu schicken. Er setzt sich in den Skoda, packt das Blaulicht aufs Auto, so kann er sich beim Fahren etwas austoben. Auf diese Weise trifft er nach 23 Minuten in Hofgeismar in der Straße „Ziegenrück" ein. Vor dem Mehrfamilienhaus hat sich schon ein kleiner Menschenauflauf gebildet. Die beiden Wagen der Schutzpolizei stehen bereits seit fast einer Stunde dort – und es gibt immer neugierige Mitbürger und -bürgerinnen. Offensichtlich ist auch schon ein Mensch von der Presse vor Ort, zumindest sieht Kluthe eine Frau, die Umstehende befragt und Fotos macht. Erst will er einschreiten, entscheidet sich aber dann, möglicherweise ärgerliche Diskussionen zu vermeiden und direkt den Tatort zu besichtigen.

Eine Kollegin von der Schutzpolizei führt ihn in den ersten Stock, in die Wohnung von Blaszinsky. Sie sagt, es sähe grauslig aus, sowas hätte sie noch nicht gesehen und es sei ihr übel.

Schon im Eingangsbereich der Wohnung, einem kleinen Flur, herrscht ein großes Durcheinander. Ein Garderobenständer liegt auf dem Boden, Mäntel und Jacken sind verteilt. Eine Art Garderobenschrank ist umgeworfen. Links vom Flur gehen Schlafzimmer und Bad ab. Während das Schlafzimmer noch ‚aufgeräumt' wirkt, sind im Bad Blutspuren an Waschbecken und Handtüchern sichtbar. Kluthe, der sich Plastikhandschuhe und -überschuhe angezogen hat, schaut nur in das Bad hinein und geht dann weiter ins Wohnzimmer vor Kopf. Dort herrscht Chaos: Der Esstisch ist umgestoßen, die dazugehörigen Stühle ebenso. Über dem Couchtisch liegt ein Mann – vermutlich Blaszinsky – in verrenkter Stellung. Am seitlichen Hinterkopf wird eine große Wunde deutlich, aus der viel Blut geflossen ist, es scheint, als sei auch Gehirnmasse ausgetreten. Auf dem Boden sind Schuhspuren mit Blut, die offensichtlich verwischt werden sollten. Neben dem Sofa, das ebenfalls Blutspuren aufweist, liegt eine Art Kerzenleuchter aus Messing, an dem ebenfalls Blut klebt. Das Ganze wirkt, als hätte ein Kampf stattgefunden und der Tote sei mit dem Messinggegenstand erschlagen worden. Kluthe reicht dieser erste Eindruck, er geht vorsichtig aus der Wohnung heraus. Im gleichen Moment kommt das Team der Spurensicherung die Treppe herauf, schon in den weißen Schutzanzügen. Der Kommissar informiert die Kollegen kurz, die dann sehr routiniert ihre Arbeit aufnehmen. Er kann auf deren präzises Vorgehen vertrauen, bittet noch ein Teammitglied, ihm ein Foto des Toten auf das Handy zu schicken. Er bittet ihn auch, nach dem Mobiltelefon des Toten zu suchen und ihm die Nummern der letzten Anrufe mitzuteilen.

Draußen muss sich der Kommissar erst einmal in sein Auto setzen und nachdenken. Es steht noch kein Todeszeitpunkt fest, das muss der oder die Gerichtsmedizinerin feststellen, diese ist angefordert. Es wird nicht Sonja Wiedemann sein, die hat ja das Wochenende frei. Kluthe hat ein schlechtes Gewissen, dass er und die Kolleginnen und Kollegen aus dem Kommissariat nicht deutlicher darauf gedrungen haben mit Blaszinsky Kontakt aufzunehmen oder ihn vorher durch die Hofgeismarer Polizei aufspüren lassen. Da sind sie nicht konsequent genug dran geblieben. Vielleicht wäre er dann noch am Leben. Das Blut in der Wohnung war zwar getrocknet, aber, so sein erster Eindruck, noch nicht fest und „bröselig". Der Tod kann also nicht allzu lange her sein. Wenn er vorher mit ihm gesprochen hätte, dann wäre vielleicht sein Wissen über die Giftfässer und anderes deutlich geworden und er hätte möglicherweise geschützt werden können, zur Not in U-Haft … Sein Freund Joachim sagt zwar immer: „‚Hätte' ist Energieverschwendung", weil damit meistens vertane Chancen aufgewertet werden und der Blick nach vorne blockiert wird. Aber er kann sich und das Team nicht völlig freisprechen von einer möglichen Nachlässigkeit.

Allerdings wird am Montag wohl die Obduktion stattfinden und er kann möglicherweise dann schon Sonja treffen – das bessert die Stimmung etwas. Er beschließt, ihr eine SMS zu schicken: „Hi Sonja, stecke voll in Arbeit, neuer Toter in Hofgeismar. Vielleicht sehen wir uns dann schon am Montag. Zwar nur beruflich, aber ich würd mich sehr freuen." Danach ruft er seinen Chef an, unterrichtet ihn kurz über den Stand. Ihm war zudem noch eingefallen, über die bekannte Telefonnummer die letzten Bewegungen des Herrn Schmiedel nachzuverfolgen und so bittet er Leonhardt, dies möglichst einzuleiten. Der Chef sichert zu, dass er mit dem Staatsanwalt darüber sprechen und bei dessen Zustimmung das Nötige veranlassen will.

Er entschließt sich, obwohl er keine Lust dazu hat, bei der Witwe Schäfer auf dem Schrottplatz vorbeizufahren und ihr das Bild des Toten zu zeigen, damit er Gewissheit über die Person hat. Er sieht sich in der Verantwortung, sie damit auch über den Tod des Angestellten zu informieren. Dabei erhofft er sich, noch ein paar Informationen über die letzten Tage oder Stunden des Toten zu erhalten, zumindest zu erfahren, wann sie ihn das letzte Mal gesehen hat. Und dann muss er noch erfahren, ob der Tote weitere Verwandte hatte, die informiert werden müssen.

Auf dem Schrottplatz hat das Chaos zugenommen, so erscheint es Kluthe. Er findet kaum noch einen Platz zum Parken vor dem Wohnhaus, der Hof ist mit alten Autos, die noch nicht weiter verwertet sind, zugestellt. Als er aus dem Skoda aussteigt, fängt der Hund wieder an laut zu bellen, er ist aber weiterhin im Haus. Frau Schäfer öffnet die Haustür, schaut heraus, der Hund läuft auf den Kommissar zu. Der brüllt Tasso an: „Verschwinde, aus!", Frau Schäfer versucht, Tasso zu beruhigen. Die Szene hat etwas Groteskes: Polizist und Hund stehen sich angespannt gegenüber. Nach einigen Minuten zieht sich das Tier zu seinem Frauchen zurück, sie bringt ihn ins Haus, offensichtlich in einen Raum, den sie dann schließt, kommt dann wieder zur Haustür.

„Hallo, Herr Kommissar, gibt es etwas Neues?", fragt sie, „kommen sie doch rein, ich hab` Tasso weggesperrt. Ich versteh das nicht, er ist sonst immer ganz friedlich". Als beide im Wohnzimmer zum Sitzen gekommen sind, holt Kluthe sein Handy heraus und zeigt Frau Schäfer das Foto des Toten, der in seiner Wohnung gefunden wurde. Die Witwe ruft erschreckt: „Das ist der Jakub, der Jakub Blaszinsky... was ist mit ihm? Das Gesicht sieht ja zerdrückt aus". Kluthe berichtet, dass er tot in seiner Wohnung gefunden wurde, Frau Schäfer schluchzt auf: „Ooooh nein, er war doch soooo ein Guter. Hat mir gerade jetzt geholfen, wo Sebastian tot ist. Jetzt hab` ich ja gar keinen mehr..." Sie weint stark und liegt mit dem Kopf in den Armen auf dem Tisch. Etwas hilflos fast Kluthe sie an der Schulter, wartet auf eine Pause in dem Weinanfall. „Kann Ihnen jetzt jemand beistehen? Kann ich Ihre Schwester anrufen?" „Ja bitte, die Nummer hängt an der Garderobe." Kluthe erreicht die Schwester, sie will gleich kommen. Er holt ein Glas Wasser aus der Küche und setzt sich wieder neben Frau Schäfer und versucht, nach den letzten Kontakten von ihr mit dem Angestellten zu fragen. Das ist aber aussichtslos, er bittet sie, morgen mit ihm zu telefonieren. Als er nach möglichen Verwandten oder anderen Kontakten von Jakub Blaszinsky fragt, stammelt Frau Schäfer nur, „er hat einen Bruder im Ruhrgebiet, in Dortmund, glaube ich, ach der Arme. Wie wird es dem nur gehen?" Sie kann keine weiteren Daten nennen – der Kommissar muss selbst nach Hinweisen suchen.

Als wenige Minuten später die Schwester kommt und Frau Schäfer ihr weinend in die Arme fällt, verabschiedet sich Kluthe, setzt sich ins Auto und denkt über das weitere Vorgehen nach: Es macht wenig Sinn, nochmals an den Tatort zurückzukehren. Die „Spusi" wird ihre Arbeit machen. Wenn er nachfragt, ob es Notizbücher, Adressbücher oder ähnliches gibt, werden die Kolleginnen und Kollegen beleidigt sein. Da haben sie ein Auge drauf und werden Wichtiges mit ins Kommissariat bringen. Auf dem Handy gibt es keine neuen Nachrichten, der Chef wird nicht ans Telefon gehen, er ist in der „Kuchenbesprechung". So ist es wohl das Vernünftigste, wieder nach Kassel zu fahren und im Büro die neuesten Informationen zu sammeln. Das Wochenende wird mit Arbeit voll werden – ohne die Dinge, die im Bereitschaftsdienst noch auflaufen werden.

Gerade als er starten will, gibt der Klingelton des Handys das Signal, dass eine neue SMS eingetroffen ist: „Da freue ich mich. Ich muss ein Zeitfenster für die Obduktion buchen, wahrscheinlich am frühen Nachmittag. Wir zwei sind fast alleine, der Herr Professor ist auf einer Tagung, der Assistent hat Urlaub. Ich muss noch einen zweiten Arzt finden, das ist Vorschrift. Aber ich werde Dir was zeigen". Kluthe freut sich über die Antwort, ist verwirrt über das „Ich werde Dir was zeigen", antwortet nach kurzem Überlegen: „Ich freu mich besonders, Dich so bald wiederzusehen und bin gespannt…" Anschließend fährt er nach Kassel ins Polizeipräsidium zurück, wesentlich besser gelaunt und entspannter summt er die Radiomusik mit.

# 19
(Freitagnachmittag)

Im Polizeipräsidium angekommen, geht Kluthe zuerst zum Büro des Chefs, die Tür steht offen, das heißt, er ist da und ist bereit für „Besuch".

„Hallo Peter, gut, dass Du gleich vorbeikommst, es gibt doch einiges zu besprechen und zu planen für die nächsten Stunden und Tage", begrüßt ihn Leonhardt.

„Ja, geht mir auch so. Was haben denn die anderen rausbekommen und was meint der Staatsanwalt?"

„Hamza hat in der Tat festgestellt, dass die Telefonnummer, die bei Schäfer oft aufgetaucht ist, mit der von dem Schmiedel – identisch ist. Da haben wir einen weiteren Hinweis. Der Staatsanwalt hat zugestimmt, dass wir die Telefondaten von Schmiedel, so weit möglich – auswerten und den Standort nachverfolgen. Einer TÜ hat er nicht zugestimmt. Hierfür hätten wir noch nicht ausreichend stichhaltige Gründe. Ich bin fast geplatzt, es hat nichts genützt. Beate Schöller versucht jetzt, über den Telefonanbieter von Schmiedels Nummer an die Daten zu kommen und eben auch die Standortverfolgung einzuleiten. Ich muss mal sehen, wer das dann weiter machen kann. Es ist ja schon freitags, 15 Uhr am Nachmittag, da sind nicht mehr allzuviele da. Ich kümmere mich."

„Der Staatsanwalt ist echt kleinlich, wir haben zwei Leichen, eine Verbindung..."

„Noch nicht direkt zum Blaszinsky", wirft Leonhardt ein, „da fehlt zumindest noch der Nachweis, dass er auch direkten Kontakt zu dem zweiten Opfer hatte. Immerhin hat er gleich der Obduktion zugestimmt, das war einfach..."

„Na, was denn noch – es liegt offensichtlich 'ne Gewalttat vor. Na gut, da bitte ich um 'nen Termin am Montag." Kluthe erwähnt nicht, dass er das schon angebahnt hat. Die offizielle E-Mail will er später schreiben.

Der Chef nimmt den Gesprächsfaden wieder auf: „Sandra will sich um den Schmiedel und die Hintergründe kümmern, damit wollte sie gleich nach der Besprechung beginnen. Wenn sie heute was rauskriegt, informiert sie Dich auf jeden Fall."

„Danke, dass Du die Dinge mit regelst. Noch was anderes: Ich hab` schon ein schlechtes Gefühl, dass wir dem Angestellten nicht vehementer hinterher waren. Vielleicht würde er noch leben. Wie siehst Du das?"

Leonhardt zögert ein wenig mit der Antwort: „Hm, das wäre möglich gewesen. Andererseits gab es auch keine direkten Anzeichen, dass er gefährdet war. Er hätte sich doch melden können, wenn er sich bedroht gefühlt hat. Und dann: Wir sind im Moment nicht so gut besetzt, die Kollegen in Hofgeismar sind mit ihren Alltagsgeschichten ausgelastet, da hatte unser Anliegen keine Priorität. Also unterm Strich: Wir hätten nicht vieles anders machen können. Und Du bist doch wirklich an allem dran gewesen. Mach dir keine Vorwürfe."

„Danke, das entlastet. Ich meine auch, dass wir nicht für jeden, der in einem Fall eine Rolle spielt, gleich Verantwortung übernehmen können, aber es ist halt immer bitter, wenn einer tot vor einem liegt, den man versucht hat zu erreichen. Gut, jetzt schau ich mal, was so reingekommen ist", antwortet Kluthe.

Er begibt sich dann in sein Büro, fährt den Computer hoch und checkt die E-Mails:

Die „Spusi" hat ein Adressbuch gefunden, in dem die Nummer eines Joszef Blaszinsky steht, vermutlich der Bruder des Toten, alle weiteren Spuren würden ausgewertet, er würde benachrichtigt, sobald etwas Wichtiges auftaucht. Kluthe notiert sich die Telefonnummer, will später dort anrufen.

In Bremerhaven hat sich mittlerweile die Kripo des Falles angenommen, weil es sich ja um ein Tötungsdelikt handelt. Allerdings war auch am Freitagmorgen niemand im Büro der Schmiedel-Firma, über die Asia-Connection hätten sie verschiedene Anfragen an die Industrie- und Handelskammer, an den Wirtschaftssenator und an die Asienabteilung des Bundeswirtschaftsministeriums gestellt. Von dort gab es noch keine Antwort. Die Kollegen schreiben, dass sie am Montagmorgen erneut bei der Schmiedel-Firma auftauchen wollen und gegebenenfalls versuchen wollen, bei der örtlichen Staatsanwaltschaft einen Durchsuchungsbeschluss herbeizuführen, wenn wieder niemand vor Ort ist.

Kluthe schreibt dann eine offizielle E-Mail an die Rechtsmedizin mit der Bitte, den Leichnam des Herrn Blaszinsky am Montag, so früh als möglich, zu obduzieren. Der zuständige Staatsanwalt hätte die Beschlagnahmung der Leiche angeordnet und die Obduktion beim Ermittlungsrichter beantragt. Die Mail schickt er in Kopie an den Staatsanwalt und an Dieter Leonhardt. So wissen alle Bescheid. Dann erstellt er noch eine Rundmail an die beteiligten Kolleginnen und Kollegen und verschiebt die Besprechung am Montag auf 16 Uhr, weil er am frühen Nachmittag mit dem Termin für die Obduktion rechnet und er aus zwei Gründen unbedingt dabei sein möchte.

In diesem Moment klopft es und zugleich springt Sandra Völz ins Büro:

„Hi Peter, ich hab' den Wohnort von dem Schmiedel herausbekommen und noch einiges anderes. Er wohnt in Hedemünden, eine Kleinstadt und Ortsteil von Hannoversch Münden in der Gartenstraße. Der Ort ist nahe an der Autobahnauffahrt Hannoversch Münden/Hedemünden an der A7, praktisch, wenn man viel fahren muss. Ist dummerweise Niedersachsen, das kann Kompetenzgerangel mit der Kripo Göttingen geben. Ich hab' im Internet, auch bei Facebook, Instagram und Twitter rumgeforscht. Es gibt erstaunlich wenig, kaum Bilder. Er stellt sich als ‚Unternehmer' vor, ist auch bei der Industrie- und Handelskammer Göttingen als eingetragener Kaufmann geführt. Dort ist er ebenfalls im Auslands- bzw. Exportausschuss aufgeführt. Seine Firma ist in Bremen bzw. Bremerhaven gelistet, aber das weißt Du ja schon."

„Danke erstmal. Gibt es sonst nix, Hinweise auf Partnerin oder Partner, Sportverein, aus der Jugend, sonst was? Die Leute hinterlassen doch alles..."

„Nee, nicht so richtig. Das einzige, wo er sich noch zeigt, und zwar richtig protzig, das ist der Golfklub Gut Wissmannshof bei Staufenberg. Da hat er wohl letztes Jahr 'nen Pokal gewonnen, da finden sich dazu mehrere Bilder im Netz und er steht auf einer Liste der Spezialsponsoren."

„Wollen wir nicht mal in Hedemünden vorbeifahren, schauen, ob der Schmiedel zuhause ist", fragt Kluthe, den es jetzt nach Aktion drängt.

„Wäre es nicht besser, vorher anzurufen?", wendet Sandra ein.

„Dann ist er vorgewarnt, so können wir ihn vielleicht überraschen."

„Und wenn er nicht da ist, sind wir eineinhalb Stunden umsonst durch die Gegend gefahren."

„Ich würd es gern versuchen, aber nicht allein. Bekommst Du das denn nicht hin?", drängt Kluthe.

„Na gut, in Freundschaft zu Dir. Ich sag zuhaus' Bescheid. Aber wir fahren denn nicht noch lange in der Gegend rum, sondern kommen zurück, wenn wir ihn nicht antreffen."

Nachdem Kluthe dem Chef Bescheid gesagt hat, der sich sogar bereit erklärt hat, für die nächsten drei Stunden noch die Bereitschaft zu übernehmen, machen sich Sandra Völz und Peter Kluthe auf den Weg nach Hedemünden. Freitagnachmittag, die Stadt ist voll, alles strömt raus. Schon kurz nach dem Verlassen des Präsidiumsparkplatzes stockt der Verkehr am Holländischen Platz. Kluthe und Völz schauen sich kurz an – dann packt der Kommissar das Blaulicht aufs Dach, bis zur Autobahnauffahrt in Kassel Nord muss das gehen. Nach und nach bildet sich eine Gasse und die beiden kommen dann noch gut aus der Stadt raus. Die A7 ist natürlich auch voll, die längste Strecke bis zur Autobahnabfahrt Hann. Münden ist auch geschwindigkeitsbegrenzt. Aber gut, nach einer knappen dreiviertel Stunde fahren sie von der Autobahn ab, nach Hedemünden rein und das Navi leitet sie zur Gartenstraße, einer eher ruhiger wirkenden Straße mit Ein-

und Zweifamilienhäusern. Das Haus des Jonathan Schmiedel ist ein älteres Haus, eine Art Bungalow, jedoch kürzlich von außen renoviert, Solarpaneele auf dem Dach, umgeben von einem höheren Drahtzaun. Kluthe parkt den Dienstwagen etwa hundert Meter vom Haus entfernt, nachdem sie vorbeigefahren waren. Sie steigen aus, gehen auf das Haus zu, an der Klingel steht der vollständige Name: Jonathan Schmiedel. Auf das Klingeln erfolgt keine Reaktion. Sie klingeln nochmals – keine Reaktion. Gerade als sie gehen wollen, kommt die Nachbarin aus dem gegenüberliegenden Haus. „Hallo, wollen Sie zu dem Herrn Schmiedel? Der ist heute früh weggefahren, kann ich was ausrichten?" Das ist nun doch etwas Zuviel der guten Nachbarschaft. Sandra Völz und Peter Kluthe weisen das Ansinnen freundlich zurück, sagen, sie seien Bekannte und wollten auf der Durchreise mal reinschauen und verabschieden sich.

Wieder im Auto macht sich einerseits Enttäuschung breit. Andererseits wissen sie nun, dass Schmiedel zumindest bis heute Morgen noch im Lande war. Sandra ruft noch Beate Schöller an, fragt, ob es schon möglich ist, den Standort des Herrn Schmiedel per Mobiltelefon nachzuverfolgen. Auch hier: Enttäuschung. Der Telefonanbieter agiert sehr umständlich, verweist auf den Datenschutz, will per Fax die Genehmigung des Staatsanwaltes und des Ermittlungsrichters. Bis jetzt gäbe es noch keine Freigabe. So fahren die beiden unverrichteter Dinge zurück nach Kassel. Auf dem Weg fällt Kluthe noch ein, dass er den Bruder von Jakub Blaszinsky anrufen wollte, was er dann aus dem Auto erledigt. Hier hat er Glück: Ein Herr Joszef Blaszinsky meldet sich, erklärt, dass er der Bruder von Jakub ist und verfällt gleich in ein Wehklagen, als Kluthe ihn über den Tod des Bruders informiert. Jakub sei ein toller Mensch, erst vorige Woche hätten sie sich mit der ganzen Familie, seinen, Joszefs Kindern getroffen und groß Geburtstag gefeiert. Wieso er denn tot sei, das wäre doch nicht möglich... Kluthe merkt, dass seine Kraft, das Leiden von Verwandten oder Nahestehenden, wie der Frau Schäfer, aufzunehmen, erschöpft ist. Er fragt, wann Herr Blaszinsky denn nach Kassel kommen könne. Der sagt, das sei kein Problem und so vereinbaren sie ein Gespräch für morgen, Samstag, im Präsidium, Kluthe hat ja sowieso Bereitschaft.

Auf dem Parkplatz des Polizeipräsidiums verabschieden sich Sandra Völz und Peter Kluthe, dieser bedankt sich nochmal, wünscht ein gutes Wochenende. Sandra drückt Kluthe nochmal kurz, wünscht ein ruhiges Bereitschaftswochenende, setzt sich in ihr Auto und fährt davon. Kluthe fühlt sich allein, ruft den Chef an, berichtet vom erfolglosen Ausflug und sagt, dass er dann die Bereitschaft übernimmt. Im Büro findet er noch eine Nachricht von Silke Horchler, die schreibt, dass es viele Spuren in der Wohnung des zweiten Opfers gibt, die sie aber in Ruhe auswerten wollen, auch Blut- und DNA-Vergleiche mit den Spuren beim Schrotthändler machen. Das könne aber bis Samstag, eventuell auch Montag dauern. Kluthe hat keine Lust mehr. Und merkt, dass er Hunger hat. Er meldet sich bei der Zentrale ab, seine Handynummer ist bekannt, und macht sich mit dem Fahrrad auf den Weg ins „Lohmann", vielleicht trifft er dort jemanden zur Ablenkung.

Parallel hat sich Hamza Gündogan mit Rafael Celik in Verbindung gesetzt. Das war zunächst nicht einfach, weil er erst nach dem achten Versuch an sein Handy gegangen ist – nachdem Hamza nicht über die Festnetznummer aus dem Polizeipräsidium, sondern über sein Diensthandy angerufen hatte. Celik wollte den Kommissar zunächst abblocken, aber Hamza fuhr „schweres Geschütz" auf und konfrontierte ihn mit dem Vorwurf des Mordverdachts. Darauf beschimpfte ihn Celik zunächst, war aber dann bereit, sich mit ihm in seiner „Night Ladies Bar" in der Werner-Hilpert-Straße in Bahnhofsnähe zu treffen. Hamza kennt das Striplokal vom Vorbeifahren. Zur Sicherheit hat er zusätzlich zwei Streifenpolizisten zu dem Treffen hinzugezogen. Auf ihr Klingeln öffnet ein großer, kräftiger Mann, ein Türsteher wie aus einem Film. Hamza Gündogan sagt, dass er einen Termin mit Rafael Celik hat, der Türsteher spricht in ein Funkgerät und führt die drei Polizisten durch den Thekenraum, der jetzt, am Nachmittag, einen etwas trostlosen Eindruck macht. Die vier Personen gelangen in einen Nebengang, der in ein Treppenhaus zum Obergeschoß mündet, vorher ist rechts eine Tür zu einem Büroraum. Hamza wird aufgefordert einzutreten, er bittet die beiden Kollegen vor der Tür zu warten. Er trifft in dem Büro auf einen mittelgroßen, mittelalten, eher unauffälligen Mann mit nach hinten gegeltem Haar, auffallenden Fingerringen und einer goldenen Halskette. Nach den Bildern aus dem Polizeicomputer ist dies Rafael Celik. Dieser begrüßt ihn mit aggressivem Unterton: „Also, was gibt's?"

Hamza erklärt, dass der Schrotthändler Schäfer durch Fremdeinwirkung gestorben ist und dass eine Droh-SMS dem Herrn Celik zugeordnet werden konnte.

Celik geht in die Offensive: „Der Schäfer, das ist ein Arschloch, der hat mich betrogen! Ich hab` von dem Achsschenkel für meinen Ford Mustang gekauft, die waren nicht billig. Ich brauchte welche, es hätte zu lange gedauert, bis die offiziell als Ersatzteil gekommen wären. Das Auto ist fast ein Oldtimer. Ich hab` die geholt, bezahlt und wollte sie einbauen lassen, und dann haben die Jungs von der Werkstatt festgestellt, dass sie schadhaft sind. Da bin ich halt ausgerastet. Hab` ihn angerufen, da hat er alles geleugnet, hat gesagt, die Dinger wären in Ordnung. Ich lass mich doch nicht betrügen! Und hab` ihm die Warnung geschickt."

„Nun, eine Warnung war es nicht, sondern 'ne klare Drohung", stellt Hamza fest. „Wo waren Sie denn am Mittwoch vor einer Woche, nachmittags?"

„Verdächtigt ihr mich, dass ich den getötet hab`? Ihr spinnt doch, ich bringe doch keinen wegen zwei Achsschenkeln um. Das war 'n Weichei, das Geld hätte ich mir schon geholt."

„Also, wo waren Sie an dem Mittwoch?", beharrt Hamza.

„Mittwochnachmittags mach ich Wellness mit Giuliana. Die bereitet mich auf den anstrengenden Abend vor."

„Wer ist Giuliana? Kann ich sie sprechen?", will Hamza dann wissen.

„Momentchen, ich rufe sie an, und wenn sie keinen Kunden hat – sie arbeitet selbstständig, hat ein Zimmer oben – können Sie sie sprechen."

Nach einem Telefonat und kurzer Wartezeit betritt eine sehr leicht bekleidete, stark geschminkte etwa 25-jährige Frau das Büro und bestätigt das Alibi des Herrn Celik. Hamza Gündigan lässt sich noch die genauen Personalien und eine Telefonnummer geben und verlässt dann unter dem Grinsen des Rafael Celik gemeinsam mit den Kollegen, die im Flur gewartet hatten, die Bar.

Etwas frustriert schreibt er über Handy das Ergebnis seiner Recherche an Peter Kluthe und den Chef.

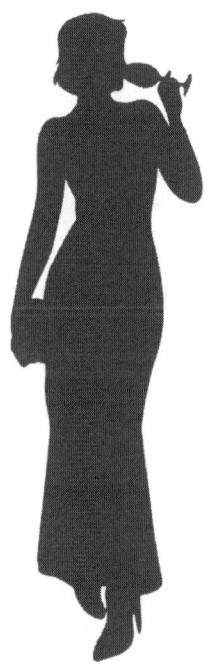

# 20
## (Samstag)

**P**eter Kluthe wacht um 7.30 Uhr am Samstag auf. Er hat gut geschlafen, wurde nur einmal in der Nacht angerufen. Es gab eine Messerstecherei in der Unteren Königsstraße, das Team von der Schutzpolizei wollte ihn nur informieren und fragen, ob er bei der Vernehmung der beiden Täter dabei sein wolle, das wollte er dann nicht. Gestern Abend hat er zunächst das erfolglose Ergebnis von Hamzas Ermittlung registriert. Im „Lohmann" hatte er noch zwei ehemalige Kollegen aus seiner Zeit bei der Bereitschaftspolizei getroffen. Nach der Ausbildung an der Verwaltungshochschule der Polizei war Kluthe zwei Jahre bei der Bereitschaftspolizei in Kassel. Die ersten Berufsjahre und das Umgehen mit Herausforderungen und kritischen Situationen hatten die Gruppe sehr zusammengeschweißt, wie zum Beispiel das Freikämpfen der Castor-Transporte mit Brennelementen zum Zwischenlager in Gorleben. Es gab damals eine Reihe brenzliger Begegnungen mit den Demonstranten. Oder die Situation im Juli 1997, als ein Geiselnehmer in Köln einen Touristikbus entführt hatte. Eine Gruppe der Kasseler Bereitschaftspolizei mit speziell ausgebildeten Kräften – Kluthe gehörte dazu – wurde zur Unterstützung angefordert. Als die Gruppe dann eintraf, hatte die Befreiungsaktion gerade begonnen, der Geiselnehmer hatte den Busfahrer, eine Geisel und sich selbst erschossen, zwei Geiseln und ein Polizist wurden schwer verletzt. Kluthe selbst war dabei nicht beteiligt, weil die Kasseler Gruppe im Hintergrund als Eingreifreserve gehalten wurde, das Geschehen hatte dennoch alle lange seelisch belastet. Er war kurze Zeit später nach Offenbach zur Schutzpolizei versetzt worden, das war mit einem beruflichen Aufstieg verbunden. Er arbeitete und lebte dort fast vier Jahre, erinnert sich jedoch an diese Zeit nicht gern…

Im „Lohmann" traf er auch noch zwei ehemalige Mitspieler seiner Fußballfreizeitmannschaft, die ihn aufforderten, mal wieder vorbeizukommen. Die Gruppe würde noch dienstags an den Waldauer Wiesen spielen. Es würde zahlenmäßig etwas bröckeln und seine spielerischen Fähigkeiten würden die Gruppe bereichern. Nach dieser Ehrung und mittlerweile drei alkoholfreien Weizenbieren war er nach Hause geradelt.

Nach dem Kaffee fährt er mit dem Rad wieder ins Büro. Das Wetter ist gut, er hätte auch versuchen können, im Garten weiterzukommen, vor allem das durch den Dauerregen halb eingefallene Loch für die Betonplatte wieder auszuschachten. Aber zumeist gibt es doch irgendwelche Einsätze, zudem will er selbst weiter im Fall recherchieren und erwartet ja auch den Bruder des zweiten Opfers. Kaum im Präsidium angekommen, geht es auch schon los: Am Bugasee ist eine Wasserleiche gefunden worden, und er muss sich das ansehen. So holt er sich den Skoda und fährt zur Fulda, dann zum Gelände der Bundesgartenschau von 1981. Im Zuge dieser Bundesgartenschau ist in den Fuldaauen eine Seenlandschaft angelegt worden, die von der Kasseler Bevölkerung gut angenommen wird. Bei guten Wetter wird gegrillt, gesonnt, flaniert, es gibt auch ein FKK-Gelände. Ein Problem besteht darin, dass abends oft mehr oder weniger spontane Feste mit begleitender Sauferei stattfinden und es hin und wieder zu Streitigkeiten innerhalb oder Gewalt zwischen Gruppen kommt. Etwa alle zwei bis drei Jahre ertrinkt auch jemand im See, der oder die zuviel Alkohol konsumiert hat und beim nächtlichen Schwimmen untergeht. Kluthe hofft, dass es diesmal auch auf ein solch „einfaches" Vorkommnis handelt. Zugleich ihm fällt noch ein, dass der Bruder des toten Jakub Blaszinsky vorbeikommen wollte. Also informiert er kurz die Zentrale im Präsidium, der Bruder möge warten.

An der Fundstelle sind etwa zwanzig Schaulustige aufgelaufen, dazu mindestens drei offensichtliche Journalisten und dann natürlich die Kolleginnen und Kollegen der Schutzpolizei versammelt, insgesamt sind es jetzt fünf. Zusätzlich erkennt Kluthe eine Kollegin der Wasserschutzpolizei, wobei die eigentlich nur für fließende Gewässer zuständig ist. Kluthe begrüßt die anwesenden Polizisten, bittet sie, die Fundstelle abzusperren. Am Rande steht eine ältere, vielleicht 65-jährige Frau, die erschöpft vor sich hinstarrt. Ein Kollege der Schutzpolizei führt Kluthe zu dieser Frau, sie habe den Toten vorhin, so gegen 9 Uhr gefunden und dann die Polizei gerufen. Der Kommissar spricht kurz mit ihr, ihre Angaben sind schon aufgenommen und er lässt sie dann zu ihrem Auto begleiten. Sie kommt aus Kassel-Oberzwehren, war früh an die Buga zum Schwimmen gefahren, dies ist ihr jetzt natürlich verleidet. Der Tote lag im flachen Wasser, die zuerst angekommenen Polizisten haben ihn aus dem Wasser gezogen, Wiederbelebungsversuche hätten sie nicht mehr gestartet, er war offensichtlich nicht mehr lebendig. Jetzt liegt er am Rande des Sees, bekleidet, etwa 30–35 Jahre alt. Schwarze Haare, einen gepflegten Vollbart. Er wirkt in der Kleidung nicht sonderlich trainiert, aber auch nicht überfettet. Die Leichenstarre hat eingesetzt, vermutlich ist er etwa acht bis zehn Stunden tot. Offensichtliche Verletzungen oder Spuren von Gewaltanwendung finden sich auf den ersten Blick nicht.

„Na, da können wir in der Tat nicht mehr viel machen. In den Taschen finden sich keine Hinweise auf die Identität, vermutlich wird sich im Laufe des Tages jemand melden. Lasst ihn bitte abtransportieren und in die Abteilung für Rechtsmedizin im Klinikum bringen, er muss Montag genau untersucht werden", resümiert Kluthe. Er klingt dabei ruhiger und abgeklärter, als er sich innerlich fühlt. Jeder Tote, mit dem er konfrontiert ist, berührt ihn immer noch. Zugleich muss und will er die Situation beruhigen und den toten Menschen aus der Sicht der Schaulustigen bringen. Die Spurensicherung aktiviert er nicht. Zum einen ist die Fundstelle relativ zertreten, es wird sich kaum Verwertbares finden lassen. Zum anderen geht er zum jetzigen Zeitpunkt eher von einem Unfall aus, da scheint keine große kriminalistische Untersuchung vonnöten. Er weiß, dass er damit Probleme bekommen kann, wenn er mit seinen Vermutungen daneben liegt, aber das riskiert er. Die „Spusi" war für seine Fälle in den letzten Tagen besonders viel unterwegs, er möchte ihnen die Samstagmorgen-Ruhe gönnen. Als nach etwa einer Viertelstunde der Wagen eines Bestattungsinstituts auftaucht, weist er die zwei Mitarbeiter nochmals ein, bedankt sich bei der Schutzpolizei, lässt den Toten in die Pathologie im Klinikum bringen und fährt ins Präsidium zurück.

Dort wird er schon am Eingang darauf hingewiesen, das im Wartebereich ein „aufgelöster" Mann sitzen würde, der ihn dringend sprechen will. Also begibt sich Kluthe in diesen sehr nüchternen Bereich mit Plastikstühlen und Ständern voller Prospekte: zur Einbruchsprävention, zur Internetkriminalität, zur Karriere bei der Polizei und ähnlichem. Dort sitzt ein etwas außer Form geratener, etwa Fünfzigjähriger, mit lichtem grauen Haar, gekleidet in Jeans, T-Shirt mit Borussia-Dortmund-Aufdruck und schwarz-gelber Trainingsjacke. Er wirkt übernächtigt, hat einen traurigen Gesichtsausdruck.

„Herr Blaszinsky?", fragt Kluthe, „Ich bin Peter Kluthe, der zuständige Polizeikommissar."

„Ja, der bin ich, der Bruder vom Jakub. Was ist denn genau passiert? Der Jakub war doch gesund, wir haben erst letztes Wochenende gefeiert."

„Wie es aussieht, wurde ihr Bruder getötet, in seiner Wohnung mit einem Gegenstand erschlagen".

„Oh nein, wie das denn? Jakub ist ganz friedfertig, der tut keiner Fliege was zuleide, ist eher ängstlich. Ich verstehe das alles nicht. Er hat angerufen und erzählt, dass auch sein Chef tot ist. Hängt da was zusammen?", fragt der Bruder mit zittriger Stimme nach.

„Dazu kann ich noch nichts sagen, das wissen wir nicht. Hat Ihnen Ihr Bruder erzählt, ob er Sorgen hat, ob er sich vielleicht bedroht fühlte? Oder ob ihm etwas Merkwürdiges aufgefallen ist? Und: Wissen Sie von Freunden oder Bekannten, die er hier im Raum Kassel hat?"

„Nein, Freunde hatte er wohl nicht so. Er ist sehr für Familie, wir treffen uns oft, auch mit unserer Schwester, die lebt, wie wir, in Dortmund. Wir sind mit unseren Eltern vor etwa 35 Jahren aus Polen hierher gezogen, unser Vater hatte damals noch Arbeit im Bergbau. Jakub hatte vor vielen Jahren mal 'ne Freundin, das ging aber auseinander. Wie kann das nur sein …, er war wirklich ein Guter".

„Und wie ist es mit der Bedrohung oder anderem, was ihn vielleicht aufgeregt hat?", fragt Kluthe nochmals nach.

Joszef Blaszinsky druckst etwas herum, antwortet dann zögerlich: „Eigentlich gibt es da nix. Jakub hat die Arbeit auf dem Schrottplatz Spaß gemacht. Er hat erzählt, dass es seit einiger Zeit mehr zu tun gibt, er hat auch mehr Gehalt bekommen. In dieser Woche, wir haben ja telefoniert, am Mittwochnachmittag war das, da wirkte er aufgeregt. Er sagte, es könne passieren, dass ‚alles auffliegt'. Ich weiß aber nicht, was er damit gemeint hat."

Kluthe wird hellhörig: „Haben Sie denn gar keine Ahnung, was das sein könnte?"

„Nicht so richtig. Vor langem, nach vielen Bieren, erzählte er mal, dass sie was nach China liefern, das sei nicht so astrein. Ich war auch ziemlich blau, kann mich nicht so richtig erinnern. Irgendwas mit ‚Fässern im Schrott' hat er noch herumgelabert, aber mehr weiß ich wirklich nicht."

Das passt ins Bild. Der Kommissar hat allerdings den Eindruck, dass er zum jetzigen Zeitpunkt nicht mehr Informationen von Joszef Blaszinsky bekommt.

„Kann ich meinen Bruder sehen? Wann können wir ihn beerdigen?", fragt dieser jetzt nach, Tränen laufen über sein Gesicht.

„Das geht im Moment leider nicht. Er ist in der Pathologie beziehungsweise Gerichtsmedizin und wird am Montag untersucht. Danach können Sie ihn sehen und ich denke, dass die Leiche dann bald freigegeben wird." Der Kommissar hätte dem Bruder den Toten zeigen können. Aber dieser sah mit dem zerschlagenen Schädel wirklich grauselig aus, das wollte er ihm ersparen. „Nochmals: Sorry, dass ich Ihnen das jetzt nicht ermöglichen kann. Aber wir müssen noch mehr Klarheit über die Todesursache haben und Sie wollen doch sicher ebenfalls, dass der Täter gefasst wird".

„Ist echt Mist, dann muss ich ja noch ein paarmal kommen. Um die Ecke liegt Dortmund ja nun wirklich nicht." Die Trauer bei Blaszinsky beginnt sich in Ärger zu wandeln.

„Nochmals: Es tut mir leid, aber das kann ich Ihnen nicht ersparen. Ich werde Sie sofort informieren, wenn die Leiche freigegeben ist. Oder wir Näheres wissen. Wir können Ihnen hier auch helfen, ein Bestattungsinstitut zu finden, das die Dinge regelt."

„Das machen wir selber! Jakub soll in Dortmund beerdigt werden! Dann fahr ich jetzt!". Blaszinsky springt auf, will gehen. Kluthe drückt ihm noch seine Visitenkarte in die Hand, verabschiedet sich hastig, denn der Bruder des Toten läuft fast zur Tür hinaus.

Wieder in seinem Büro, protokolliert Kluthe zunächst das Gespräch mit dem Joszef Blaszinsky. Dann schaut er im Computer nach Vermisstenmeldungen und stößt direkt auf zwei Meldungen, die auf den entdeckten Toten am Bugasee zutreffen könnten: Eine junge Frau hat angerufen und angegeben, dass ihr Verlobter heute Morgen nicht nach Hause gekommen sei. Er war auf einem Junggesellenabschied und wollte mit ihr heute früh eine Woche in den Urlaub fahren. Er hätte noch nie eine Verabredung nicht eingehalten. Die aufnehmende Polizeibeamtin hatte notiert, sie habe versucht, die Frau zu beruhigen und abzuwarten, hat aber auf deren Drängen alle Daten aufgenommen. Die Beschreibung passt in etwa auf die Leiche am See. In einer zweiten Meldung findet sich die Aussage eines jungen Mannes, dass ein Freund bei einem sehr trinkfreudigen Junggesellenabschied am Bugasee „auf einmal verschwunden" sei. Das hätten alle zunächst nicht ernst genommen, weil der Betroffene zu seiner Freundin zurück wollte. Allerdings hätte er später auf Anrufe, auch heute Morgen, nicht reagiert. Da alle „sturzbetrunken" waren und die Ereignisse der Nacht „im Nebel" liegen, hat er begonnen, sich Sorgen zu machen und dann eben bei der Polizei angerufen – bei einer anderen Dienststelle als die junge Frau. Die Anrufe und Meldungen waren offensichtlich noch nicht abgeglichen worden. Die Wahrscheinlichkeit, dass es sich bei dem Toten am See um den gemeldeten Vermissten handelt, ist sehr groß. Klarheit bringt eine Identifizierung der Leiche – allerdings hat Kluthe darauf keine Lust. Andererseits kann das Ganze schlecht bis Montag warten, bis vielleicht ein Kollege oder eine Kollegin diesen Fall übernimmt. Die Presse war vor Ort, und die Chance, dass schon heute im Rundfunk in den Nachrichten berichtet wird und dass natürlich am Montag ein Bericht in der Zeitung erscheint, ist groß. Er kann den Angehörigen und Freunden nicht zumuten, dass sie aus den Medien erfahren, dass der von ihnen Vermisste ertrunken ist. Von den sogenannten sozialen Netzwerken, den digitalen mal ganz zu schweigen ... So fragt Kluthe im Klinikum nach, ob der Tote aus dem Bugasee schon angekommen ist. Nach einigem Weiterleiten gelangt er zum Wochenenddienst der Pathologie. Der diensthabende Angestellte sichert zu, der Tote sei im Kühlraum, er könne besichtigt werden und er selbst sei den ganzen Tag über anwesend, kurzfristig erreichbar. Also ruft Kluthe schweren Herzens die Freundin des Toten an, die ihn als erste vermisst gemeldet hatte. Sie ist sofort am Handy, fragt aufgeregt, was denn mit ihrem Freund sei. Sie habe auch schon mit dessen Eltern gesprochen, dort sei er auch nicht aufgetaucht. Der Kommissar lässt sich noch einmal den von ihr Vermissten beschreiben, fragt einige Details auch zur Kleidung ab und erklärt dann, dass ein toter Mann im Bugasee gefunden worden sei, der möglicherweise der vermisste Freund sein könne. Wieder löst er durch ein Telefonat heftiges Weinen aus. Er wartet, bis sich die junge Frau beruhigt hat und fragt dann, ob sie, eventuell mit den Eltern des jungen Mannes, ins Klinikum kommen könne, um die Leiche zu identifizieren. Das Telefongespräch dauert fast eine halbe Stunde, es wird ein Termin am frühen Nachmittag vereinbart. Kluthes Stimmung ist im Keller, solche Vorkommnisse gehören zum Job, klar, sie sind aber eben auch belastend. Trotz all der Dienstjahre kann er nicht „cool" bleiben und völlig distanziert im Dienstmodus arbeiten. Auf dem Weg zum Klinikum holt er sich in einer offenen Bäckerei noch ein Stück Käsekuchen und einen Café Crema, zum Trost und zur Stärkung. Bei der Betrachtung der Leiche, es war die Freundin mit beiden Eltern gekommen, stellt sich heraus, dass der Tote vom Bugasee in der Tat der vermisste Freund beziehungsweise Sohn ist. Kluthe lässt den Dreien Zeit zum ersten Abschiednehmen, lässt sich alle Daten geben und erklärt, dass eine Obduktion erfolgen müsse, um die genaue Todesursache zu klären. Am Montag würden er oder jemand anderes aus dem Kriminalkommissariat sich bei ihnen und den Teilnehmern des Junggesellenabschieds melden, um den Hergang des Geschehens zu rekonstruieren.

Nach dieser Aktion hat Kluthe keine Lust mehr auf das Büro, er merkt, er braucht Abstand. An der weiteren Aufklärung „seiner" beiden Todesfälle kann er im Moment auch nicht weiter arbeiten. So ruft er in der Dienststelle an, ob noch etwas anderes hereingekommen ist – dies ist glücklicherweise nicht der Fall. Er erklärt, dass er dann erstmal nach Hause fahren will, natürlich sei er auf dem Handy gut erreichbar. Statt in die Wohnung zu fahren nimmt er kurzentschlossen den Dienstwagen und begibt sich in die Kleingartenanlage. Er will dann doch die Grube für die Betonplatte wieder richtig ausheben, die Regenschäden ausgleichen und hofft, dass er durch die körperliche Aktivität Abstand zu den Geschehnissen bekommt.

# 21
## (Sonntag)

Die Nacht war nicht gut gelaufen: Gegen 24 Uhr – die Gartenarbeit hatte Kluthe gut getan und er war schön eingeschlafen – wurde er zu einem Einsatz nach Kassel-Kirchditmold in die Christbuchenstraße gerufen. Ein Ehepaar in einem Einfamilienhaus war wachgeworden, hatte Geräusche im Haus gehört. Als der Ehemann aus dem Schlafzimmer in der ersten Etage runterging, sah er einen Einbrecher, rief seiner Frau, die Polizei mit dem Handy anzurufen und wollte dann den Einbrecher wohl selbst stellen. Dieser, es war wohl ein Mann, versetzte dem Hausbewohner jedoch einen Kinnhaken und einen Schlag aufs Auge und einen Tritt in die Rippen, so dass der Beraubte ohnmächtig wurde. Die Ehefrau hörte die Schreie, fand den Mann blutend im Wohnzimmer und benachrichtigte geistesgegenwärtig nach der Polizei auch einen Krankenwagen. Als Diensthabender der Kriminalpolizei musste Kluthe bei diesem Gewaltverbrechen die Ermittlungen leiten, obwohl zwei fähige Schutzpolizisten, die er gut kannte, vor Ort waren. Er befragte vorsichtig die Ehefrau, die mittlerweile, nach dem unmittelbaren Reagieren, deutliche Schocksymptome zeigte und informierte die Bereitschaft der Spurensicherung, sich den Tatort anzuschauen. Sehr viel mehr konnte er akut nicht regeln, er überließ es den Schutzpolizisten, auf die „Spusi", auf einen Arzt zur Versorgung der Ehefrau und auf deren Tochter, die auch in Kassel lebte, und benachrichtigt worden war, zu warten. Der Mann war mittlerweile ins Krankenhaus gebracht worden. Das Ganze hatte zwei Stunden gedauert, und auch danach konnte Kluthe nicht gleich einschlafen.

Entsprechend spät wacht der Kommissar auf, zum Glück gab es keine weiteren Störungen der Nachtruhe. Nach dem starken Morgenkaffee, er braut ihn heute mit der Bialetti, nimmt er den Dienstwagen und fährt wieder in sein Büro. Dort fertigt er Protokolle der beiden Dienstvorkommnisse der letzten 24 Stunden an und hofft, dass am Montag dann jemand anderes die Fälle weiter bearbeiten kann. Er bringt die Fallakten Schäfer und Blaszinsky auf den aktuellen Stand, und ihm wird immer klarer, dass über Schmiedel eine Verbindung zu bestehen scheint, wenngleich deutliche Beweise fehlen. Beate Schäfer hat gestern noch die Telefonortung von Schmiedels Handy – wahrscheinlich ist es nicht das einzige, aber sie haben nur diese Nummer – erreicht und ihm liegen die Daten vor. Gestern, Samstag, war er von seinem Haus in die Nähe von Staufenberg zum Golfklub gefahren, dann nach Hannoversch Münden und spät abends wieder zum Haus in Hedemünden. Er hat offensichtlich noch keinen Verdacht, oder zeigt es zumindest nicht, dass er von der Polizei beobachtet werden könnte. Kluthe überlegt kurz, ob er ihn anrufen und nach seinen Verbindungen zu Schäfer fragen soll. Er lässt es dann, will Schmiedel nicht „aufscheuchen" und das Vorgehen zumindest kurz mit seinem Chef absprechen. Das kann bis Montag früh warten.

Am frühen Nachmittag erlebt er noch einen unangenehmen Einsatz: Die Schutzpolizei hat in einer Wohnung im dritten Stock eines Mehrfamilienhauses in der Hentzestraße in Kassel-Wehlheiden einen toten Mann gefunden, der hinzugerufene Notarzt hätte im Totenschein „unklare Todesursache" vermerkt. Als Kluthe in das Haus in der Hentzestraße kommt, schlägt ihm schon im Treppenhaus Verwesungsgeruch entgegen. Ein Kollege stand, mit Übelkeit kämpfend, schon an der Eingangstür des Hauses. Ein weiterer Streifenpolizist hat sich in der Wohnungstür platziert, hält sich ein Taschentuch, das Mentholgeruch verströmt, vor die Nase. In der kleinen, unaufgeräumten Zweizimmerwohnung steht die Tür zur Toilette offen. Darin sitzt ein sehr übergewichtiger Mann, leblos, die Hose hat er heruntergelassen. Zwei bleiche Sanitäter stehen im Flur, alles ist eng. Kluthe schaut sich den Mann an, er sieht zunächst keine Verletzungen, entdeckt dafür aber erste Maden. Die Sache schlägt ihm jetzt auf den Magen, zum Glück hat er noch nichts Festes zu sich genommen. Der Gestank und der beginnende Verwesungszustand sprechen dafür, dass der Mann schon länger tot ist – und dringend weggebracht werden sollte. Und das am Sonntag! Kluthe lässt die Streifenpolizisten das bekannte Bestattungsunternehmen anrufen, bittet die Sanitäter, sich eine Trage und einen Tragestuhl für besonders Schwergewichtige kommen zu lassen, sie sagten, sie hätten so etwas nicht im Auto. Und er lässt die Fenster der Wohnung öffnen, registriert, dass sie alle fest verschlossen waren. Auf dem Wohnzimmertisch entdeckt er eine Brieftasche mit dem Personalausweis des Toten, auch ein Handy liegt dort, Kluthe steckt beides in eine Plastiktüte, die er, ebenso wie Einmalhandschuhe, immer dabei hat. So hat er die nötigen Daten. Einer der Schutzpolizisten berichtet noch, dass er von der Hausbewohnerin gegenüber gerufen worden sei, die habe den Gestank bemerkt. Sie hätten dann gleich von sich aus die Wohnung aufgebrochen, „Gefahr im Verzug". Die Bewohnerin von Gegenüber öffnet gleich auf Kluthes Klingeln, bittet ihn in die Wohnung wegen des Gestanks. Er bedankt sich kurz, lässt sich ihre Daten geben und sagt, dass sie wahrscheinlich am Montag oder Dienstag zu einer Zeugenaussage ins Präsidium kommen müsse. Die Frau hat zum Glück Verständnis und ist letztlich froh, dass die Sache geregelt wird. Mittlerweile sind die zweite Krankenwagenbesatzung und zwei Mitarbeiter des Bestattungsinstituts eingetroffen. Die Polizisten holen eine Axt aus dem Streifenwagen, weil der erste Versuch, durch die Toilettentür zu dem Toten vorzudringen, nicht funktionierte. Jetzt wird die Tür aus dem Rahmen gebrochen, das gelingt dank der Leichtbauweise des Ganzen gut. Es muss dann doch der Rahmen vollständig herausgebrochen werden, weil der Platz immer noch nicht reicht, den fetten Mann herauszuholen. Kluthe muss zwar nicht direkt Hand anlegen, aber alle warten irgendwie, dass jemand die Situation steuert und Verantwortung übernimmt, es ist oft das Gleiche. So dauert es fast eine Dreiviertelstunde, bis es einen Zugang gibt und sechs Männer den stinkenden und von Maden befallenen Toten in den Tragestuhl heben können. Zum Glück gibt es keinen Menschenauflauf im Flur, weil alles so stinkt. Der Tote wird in den Leichenwagen gehievt und eine Streifenwagenbesatzung fährt freundlicherweise mit ins Klinikum, um ihn dort weiter in die Pathologie zu transportieren – auch dieser Tote muss obduziert werden. Wenigstens kann er dort kühl gelagert werden. Der Kommissar lässt die Wohnung versiegeln, bittet die Polizisten, die den Toten gefunden haben, noch darum, ihm einen kurzen Bericht zuzumailen, dann fährt er wieder ins Präsidium.

Dort legt er die dritte Fallakte des Bereitschaftswochenendes an, vermerkt, dass sich Brieftasche und Handy des dritten Toten in seinem Büro befinden. Die Zahl der Fälle ist in einem Wochenend-Bereitschaftsdienst nicht ungewöhnlich, es sind eher die Umstände, die Peter Kluthe angestrengt haben. Er checkt noch kurz den Verlauf der Standortnachverfolgung von Schmiedels Handy, er scheint wieder in den Golfklub gefahren zu sein. Dann bittet er die wachhabende Kollegin im Präsidium, sich in regelmäßigen Abständen die Nachverfolgung anzuschauen und ihn zu informieren, wenn der Herr Schmiedel die Region verlässt. Kluthe merkt, dass es ihm für heute reicht und er raus muss. Er ruft Vanessa, seine Tochter, an, die in Kassel lebt und fragt, ob sie sich auf einen Spätnachmittagskaffee treffen wollen.

Vanessa ist mittlerweile fast 24 Jahre alt und studiert in Kassel Grundschullehramt, damit ist sie fast am Ende. Sie war direkt nach dem Abitur bei ihrer Mutter ausgezogen, in eine Wohngemeinschaft, hatte ein „Freiwilliges Soziales Jahr" in einem Kindergarten gemacht und sich auch aufgrund dieser Erfahrungen für das Studium entschieden. Sie ist dann noch zweimal umgezogen, der Vater durfte, nein sollte jedes Mal helfen. Vanessa hat während des gesamten Studiums nebenher gearbeitet, zumeist in Studentenkneipen bedient. Das war dem besorgten Vater nicht so recht, aber sie wollte und will ein hohes Maß, auch an finanzieller Unabhängigkeit. Er ist stolz auf die Tochter und findet, sie ist eine sehr schöne Frau geworden. Beide können gut miteinander reden, sowohl plaudern, aber auch über ernsthafte Dinge, wie Politik, miteinander streiten. So wird es auch wieder ein lebendiges Treffen im „Eberts" in der Friedrich-Ebert-Straße und sie essen dort auch noch gemeinsam zu Abend. Der Vater freut sich, die Tochter einladen zu dürfen.

Kluthe hat diese Nacht Glück, er wird nicht zu weiteren Fällen gerufen.

# 22
(Montag)

Montagmorgen ist Kluthe früh, schon kurz vor 7.30 Uhr im Büro. Zunächst sucht er den Chef „Leo" auf, dieser fängt auch schon immer früh an. Kluthe informiert ihn über die Vorkommnisse am Wochenende und fragt dann, was er dazu meint, den Herrn Schmiedel anzurufen. Leonhardt meint zunächst, dass sich Kluthe klar auf die beiden Gewaltverbrechen Schäfer und Blaszinsky konzentrieren und die Arbeit daran weiter koordinieren soll. Die Fälle vom Wochenende kann Carlo Sanchez übernehmen, der heute aus dem Urlaub zurückkommt. Er will ihm dies nahebringen, Kluthe soll die Akten an ihn übergeben. Den Raubüberfall soll die dafür zuständige Abteilung weiter bearbeiten.

Beide besprechen auch die mögliche Beteiligung des Rafael Celik am Tod des Schrotthändlers. Sie sind sich schnell einig, dass die Spurenlage – es gibt ja keine Fingerabdrücke von Celik am Tatort – als auch das kaum zu erschütternde Alibi gegen einen Tatverdacht des Barbesitzers oder Zuhälters sprechen. Diese Spur soll erst einmal ruhen.

Dann äußert sich der Chef zur Frage des Anrufens: „Ich denke, wir haben ausreichende Gründe für die Vermutung, dass Schmiedel in enger Verbindung zu den Toten und den Tötungen steht. Die Beweise reichen für eine Festnahme nicht aus, aber vernehmen müssen wir ihn. Und da macht es Sinn, ihn einzubestellen. Im Moment können wir ja seinen Standort nachverfolgen, ich beantrage heute Morgen nochmal die Telefonüberwachung, vielleicht ist der Staatsanwalt ja heute positiver gestimmt. Also ruf ihn an, wenn er versucht zu verschwinden, sehen wir das als weiteren Beleg für die Richtigkeit unserer Hypothesen". Manchmal verfällt der Chef in eine gestochene Sprache, wenn er räsoniert, stellt Kluthe zum wiederholten Mal fest, „Danke, Leo, ich hatte es mir auch so vorgestellt, will mich absichern. Wenn Du Zeit hast, komm doch bitte auch zur 16-Uhr-Besprechung." „Ich seh' mal zu. Ach, noch was: Der Leiter der Abteilung für Gewaltverbrechen in Göttingen, also des gleichen Kommissariats wie wir hier, ist ein ganz guter Bekannter. Wir waren zweimal auf länderübergreifenden Lehrgängen an der Polizeischule in Hannoversch Münden und hatten lange Nächte. Soll ich ihn mal anrufen, kurz informieren, dass wir in seinem räumlichen Zuständigkeitsbereich unterwegs sind, mit Fällen aus Nordhessen? Dann beugen wir möglichem Ärger und Kompetenzgerangel vor, wahrscheinlich wird er sich freuen, dass wir ihm Arbeit abnehmen." „Ja, gerne, super Idee", antwortet Kluthe und geht wieder in sein Büro.

Auf dem Weg trifft er Carlo Sanchez. Der will zunächst begeistert von seinem Portugal-Urlaub an der Algarve berichten, Kluthe würgt ihn ab: „Du, Carlo, toll, dass Du wieder hier bist. Mir wachsen die Fälle über den Kopf. Wir sind noch an dem Schrotthändler mit dem Nagel im Kopf dran, mittlerweile ist er tot und sein Angestellter ist erschlagen worden. Am Wochenende hatte ich zwei Leichen, bitte übernimm die doch. Nichts Kompliziertes, wahrscheinlich, aber viel Schreibarbeit und Sortiererei. Außerdem zwei Obduktionen". Carlo wirkt zunächst ein bisschen brummig, weil er in seiner Urlaubs-Erzähl-Euphorie so gestoppt wurde, sichert aber dann die Unterstützung zu und geht mit Kluthe in dessen Büro, um sich die Sachen des Toten vom Sonntag zu holen. Die Fallakten sind sowieso elektronisch angelegt. Peter Kluthe ist froh, in einer Abteilung zu arbeiten, in der sich die Kolleginnen und Kollegen so unkompliziert unterstützen.

Im Büro versucht er zuerst, Jonathan Schmiedel über die bekannte Handynummer zu erreichen. Dieser nimmt das Gespräch auch an, meldet sich mit „Schmiedel – Import – Export –, was kann ich für Sie tun?"

„Mein Name ist Kluthe, Kriminalkommissar im K 11, Kassel. Herr Schmiedel, wir ermitteln im Tötungsfall Sebastian Schäfer, Schrotthändler in Hofgeismar. Wir haben Hinweise, dass Sie mit ihm im Geschäftskontakt standen. Wie sah dies aus?"

„Ja, das stimmt, ich hatte Kontakte mit ihm und er hat mich bei Frachtgeschäften unterstützt. Allerdings gab es Unstimmigkeiten, sodass ich vor kurzem die Geschäftsbeziehung beendet habe."

„Was waren das für Unstimmigkeiten und wann wurde die Beziehung beendet?"

„Der Schäfer hat Vorgaben nicht eingehalten, aber das geht Sie letztlich nichts an. Wann ich genau gekündigt habe, müsste ich im Büro nachschauen, das geht jetzt nicht, ich bin unterwegs", weist Schmiedel den Kommissar deutlich zurück.

Kluthe lässt sich nicht abschrecken: „Wir meinen schon, dass uns die Geschäftsbeziehungen im Detail etwas angehen, es handelt sich schließlich um ein Tötungsdelikt und wir wollen die Hintergründe klären. Wir sollten uns direkt unterhalten, dann können Sie uns auch über den Zeitpunkt des Beginns und der Beendigung der Geschäftsbeziehung genau informieren. Ich lade Sie daher hiermit für morgen früh um 10 Uhr im Polizeipräsidium zu einer Vernehmung vor. Haben Sie eine E-Mail-Adresse, ich würde das gern noch schriftlich versenden".

Schmiedel gibt eine E-Mail-Adresse an, sagt, er werde versuchen, zu dem „Gespräch" zu kommen, müsse seine anderen Termine checken. Er will das Telefonat beenden.

„Stopp, zwei Fragen habe ich noch", wirft Kluthe ein: „Können Sie mir Auskunft geben, wo Sie sich am Mittwoch vorvoriger und am Donnerstag voriger Woche am Nachmittag und frühen Abend aufgehalten haben?" Er fragt nach einem möglichen Alibi zu den möglichen Todeszeitpunkten von Sebastian Schäfer und Jakub Blaszinsky. Das mit Blaszinsky ist zwar etwas vage, allerdings will er es nicht versäumen, Schmiedel hier etwas unter Druck zu setzen.

„Wieso wollen Sie das denn wissen, verdächtigen Sie mich, am Tod von Schäfer beteiligt zu sein? Das ist doch lächerlich! Na gut, lassen Sie mich überlegen… Zum Mittwoch vor acht Tagen fällt mir jetzt spontan nichts ein, das kann ich Ihnen morgen sagen, muss ich in meinem Kalender nachgucken. Am letzten Donnerstag hab` ich Golf gespielt, beim Golfklub Wissmannshof, alle 18 Löcher. Da war ich richtig gut, ich kann Ihnen meine Score Card zeigen. Hinterher war ich noch im Klubhaus, hab` zwei Klubkameraden, die ich dort traf, einen ausgegeben und zu Abend gegessen. Das können Sie gern nachprüfen. Noch was?"

Kluthe fallen erst einmal keine weiteren Fragen ein, er beendet das Gespräch nochmals mit dem Hinweis auf den Vernehmungstermin morgen früh.

Der Kommissar ist zunächst enttäuscht, dass Schmiedel offensichtlich ein Alibi für den Tod von Blaszinsky hat. Andererseits ist er misstrauisch, vielleicht kann man sich für eine Runde Golf anmelden und dann für vier Stunden verschwinden. Das sollte bald überprüft werden. Er selbst muss und will aber vor Ort bleiben. So telefoniert er im Kommissariat herum, fragt, ob jemand Zeit hat, das Alibi zu überprüfen. Hamza hat einen eigenen neuen Fall, bei Sandra hat er Glück. Sie erklärt sich gern bereit, zum Golfklub zu fahren, sie ist ja sowieso mindestens halb in der Geschichte mit drin.

Dann klingelt sein Handy, die Nummer der Gerichtsmedizin. „Ich bin's, Sonja. Schon ausgeschlafen? Wie war Dein Wochenende?", klingt es fröhlich aus dem Hörer. Kluthe ist verdutzt, das hat er nicht erwartet, zugleich freut er sich sehr. „Das Wochenende war hart, zwei neue Kunden für euch, der Zweite eklig. Ich bin schon etwas runter und die Geschichte mit dem Schrotthändler und dem neuen Toten, dem Blaszinsky, nimmt Fahrt auf. Ich kann es Dir erzählen, klappt es denn mit der Obduktion heute?". „Ja, klar. Ich will Dich doch sehen …" Kluthe ist erstaunt über die Direktheit der Frau, das hat er so noch nicht erlebt. Er hat die vergangenen Tage oft an Sonja gedacht, sich gefragt, wie es wohl weitergehen kann, ob sie wirklich Interesse an ihm hat. Aber das jetzt?! „Also, hast Du um eins Zeit?", fragt sie – und es klingt eher wie die Frage nach einem Rendezvous als nach einem Arbeitstermin. „Klar hab` ich Zeit für Dich, freu mich wirklich, die Leiche müssen wir aber auch noch untersuchen", versucht er anzuknüpfen. „Na klar, das bekommen wir hin, bis nachher dann", beendet Sonja Wiedemann das Telefonat. Kluthe ist völlig durcheinander. Er fühlt sich sehr zu der Frau hingezogen, weiß aber nicht, wie er ihre Signale und Andeutungen verstehen soll. Meint sie das alles ernst? Das wäre sensationell! Wenn nicht, wäre es sehr enttäuschend. Soll er vorsichtig sein, um einer Enttäuschung vorzubeugen? Und wenn sie sich dann abgelehnt oder zurückgewiesen fühlt?

Zum Glück reißt ihn das Klingeln des Diensttelefons aus den Überlegungen. Es ist ein Kollege der Kripo aus Bremen beziehungsweise Bremerhaven, der mit einer weiteren Kommissarin wieder bei der Firma Schmiedel vorstellig geworden ist. Diesmal habe eine Angestellte geöffnet. Diese sei sehr „herausgeputzt" gewesen, aufgeplusterte Frisur, lange Kunstfingernägel, Einblick in den „aufgespritzten" Busen und „ein Rock knapp unter der Schambehaarung". Sie hätte weniger den Eindruck einer Büroangestellten gemacht, als den einer Professionellen, die als Statthalterin fungiert: Nein, der Herr Schmiedel sei nicht da. Letzte Woche hätte er am Mittwoch kurz vorbeigeschaut. Sonst, so die Auskunft der Dame, würde noch ein „Prokurist" im Büro arbeiten, der habe aber seit zwei Wochen Urlaub. Zu den Geschäften hätte sich die Angestellte nur spärlich geäußert. Es würden regelmäßig Schiffsladungen nach China abgewickelt, der „Prokurist" wäre damit befasst, zu kontrollieren, dass die angelieferte Ware auch auf das jeweils zuständige Schiff verladen wird. Wenn der „Prokurist" nicht da sei, würde das Herr Schmiedel machen. Sie selbst wäre für den „Schriftverkehr" zuständig und das Aufnehmen von Anrufen. Sie könne auch Englisch, weil manche Gespräche mit London geführt würden. Über alles andere sollten sie Herrn Schmiedel fragen, da könne sie und dürfe sie keine Auskünfte geben. Der Herr Schmiedel sei ein sehr netter Arbeitgeber, wenn er hier oben sei, würden sie oft zusammen essen gehen. Mehr hatten die Kollegen nicht in Erfahrung bringen können. Die Geschäftsräume an sich hätten übrigens einen „halbwegs seriösen" Eindruck gemacht. Peter Kluthe bedankt sich und erklärt, dass er versuchen will, einen Durchsuchungsbeschluss für die Geschäftsräume zu erwirken. Ob sie das denn übernehmen könnten. Das würden sie gern, sie würden sich langsam sehr über die Merkwürdigkeiten und die Geheimnistuerei ärgern, schließt der Kollege.

Für Kluthe wird deutlicher, dass sich die Geschäfte des Herrn Schmiedel wahrscheinlich nicht völlig im Legalen bewegen. Er braucht jedoch mehr Auskünfte aus der Wirtschaftsabteilung und von der Spurensuche, um diese Vermutung festigen zu können...

Schon wieder klingelt das Telefon, es ist der Chef: „Eben hab' ich einen Anruf aus dem Bundeswirtschaftsministerium, Abteilung Außenwirtschaftsförderung, bekommen, unglaublich. Die haben sehr deutlich gemacht, dass sie ‚äußerst irritiert' seien, dass sich die Polizei um die China-Geschäfte von Herrn Jonathan Schmiedel kümmert. So seien Polizisten ‚unverschämt' in die Geschäftsräume der Firma Schmiedel GmbH & Co.KG in Bremerhaven eingedrungen und hätten die Angestellten unter Druck gesetzt. Zudem sei der Herr Schmiedel angerufen worden, weil einer seiner Geschäftspartner, mit dem er die Beziehungen schon länger beendet habe, zu Tode gekommen sei. Der Herr Schmiedel sei seit einiger Zeit im Außenhandel mit China engagiert. Dabei würde er für die bundesdeutsche Wirtschaft wichtige Dienste leisten. Er habe im Ministerium einen guten Ruf, es seien auch Garantien für einige seiner Investitionen gegeben worden. Man möge doch die Geschäfte nicht stören, gegebenenfalls müsste man über das Innenministerium das Bundeskriminalamt einschalten, um ungerechtfertigte Verdachtsmomente gegen engagierte Unternehmer auszuräumen. Ich habe gerade noch nach dem Namen des Anrufers fragen können, dann hat er aufgelegt."

Kluthe ist perplex: „Was soll das denn nun? Hat der Schmiedel so gute Beziehungen? Was sollen wir denn jetzt machen?"

Leonhardt ist aufgebracht, man merkt es durch das Telefon: „Gar nichts ändern wir an unserem Vorgehen. Lass doch das BKA anrücken. Ich bin stocksauer, dass sich da überhaupt jemand einmischt. Ich informiere unseren Polizeipräsidenten, der soll das Weitere abfangen. Bei sowas laufe ich zur Höchstform auf!"

Kluthe kann gerade noch „Danke!" rufen, da hat der Chef das Gespräch schon beendet. Der Kommissar ist froh, dass er hier Rückendeckung hat... und fängt an, sich auch aufzuregen, je deutlicher er das, was Leo berichtet hat, an sich herandringen lässt.

Währenddessen besucht Sandra Völz den Golfklub Gut Wissmannshof, genau, wie sie im Internet vorher nachgeschaut hat: „Sport- und Golf-Resort Gut Wissmannshof". Sie fährt über die Autobahn, Abfahrt Hann. Münden/Staufenberg-Lutterberg und kurvt dann noch etwa zehn Minuten über die Speeler Straße über Land, das Navi hilft. Das Gut hat eine wunderbare Lage, oberhalb des Verlaufs der Fulda, die hier die Grenze zwischen Hessen und Niedersachsen bildet. Die Gebäude wirken alle erneuert, das gesamte Gelände wirkt außerordentlich gepflegt. Auf dem Parkplatz dominieren trotz des Spätvormittags am Montag hochpreisige SUVs. Das „Hauptgebäude" ist ausgeschildert, dort befinden sich offensichtlich die Rezeption zum Hotel, die Anmeldung zum Golfcourse, der Golfshop und ein Restaurant. Sonja sucht die Anmeldung zum Golfplatz, ein freundlicher, gutaussehender junger Mann in sportlicher Kleidung begrüßt sie:

„Guten Tag, ich bin Henry, was kann ich für Sie tun? Wir haben heute noch bis 14 Uhr Abschlagszeiten zu Verfügung, danach wird es sehr eng."

„Danke, ich komme von der Kripo Kassel, mein Name ist Sandra Völz", die Kommissarin zeigt ihren Ausweis.

„Oh, was haben wir denn verbrochen?", versucht „Henry" zu scherzen.

„Ich muss die Auskünfte eines ihrer Mitglieder überprüfen. Herr Jonathan Schmiedel gibt an, er hätte am vorigen Donnerstag um 14 Uhr hier abgeschlagen und dann den gesamten Course mit 18 Löchern gespielt. Können Sie das nachvollziehen?"

„Hm, ich weiß nicht, ob ich Auskunft geben kann. Herr Schmiedel, der Jona, ist eines unserer aktivsten Mitglieder, ist im Spielausschuss und ist im Sponsoring sehr großzügig", zögert der junge Mann.

Sandra wird direkt: „Ich kann jetzt auch den Staatsanwalt anrufen und wir machen eine grundlegende Überprüfung mit voller Kapelle, mehreren Streifenwagen und so weiter.

Das wird sicher für viel Unruhe sorgen. Das Ansinnen ist rechtlich abgesichert"

„Ich will trotzdem die Geschäftsführerin fragen", der junge Mann telefoniert kurz in einem Nebenraum hinter einer Glasscheibe. Als er zurückkommt, geht er gleich an den Computer am Empfangstresen: „Ist okay, genehmigt. Wir haben alles elektronisch registriert… So, Donnerstag, Donnerstagnachmittag… ja, hier hab` ich es: Jona hat die Abschlagszeit 14 Uhr gebucht, für zwei Personen, ist aber dann wohl allein los. Es ist nicht verzeichnet, dass jemand mitgegangen ist oder Green Fee bezahlt hat."

„Ist das genau zu überprüfen, vor allem auch, ob der die ganze Zeit gespielt hat?", fragt Sandra nach.

„Ich funke grad den Platzsheriff mal an, vielleicht kann der sich erinnern", ist Henry jetzt doch sehr kooperationsbereit. Er verschwindet wieder im Nebenraum, man hört Funkgerät-Piepen, ein kurzes Gespräch, dann kommt er wieder: „Nun, der Sheriff sagt, er könne sich erinnern, dass Jona am Donnerstag allein los ist, das ist für ihn ungewöhnlich. Aber er hat nicht geprüft, ob und welche Löcher er wann gespielt hat. Das ist nicht sein Job."

„Also theoretisch hätte Herr Schmiedel an Loch 1 beginnen können und sich dann irgendwann absetzen können und nach vier Stunden bei Loch 17 oder 18 wieder auflaufen können".

„Das ist theoretisch möglich. Allerdings nicht so wahrscheinlich, weil bei uns etwa alle 15 Minuten eine neue Gruppe, ein Flight, beginnt und man es merken würde, wenn jemand nicht weiterspielt oder sich später dazwischenschiebt. Aber möglich ist es", erklärt Henry.

„Vielen Dank erstmal, das reicht. Wo finde ich jemanden, der oder die mir sagen kann, ob Herr Schmiedel hinterher noch im Restaurant war?", will Sandra dann noch wissen.

„Gehen Sie doch zur Restaurantchefin, die ist da, hab` ich vorhin gesehen. Und die ist sehr eng mit dem Jona Schmiedel".

Sandra Völz geht hinüber ins Restaurant, eine attraktive, etwa 35-jährige Frau kommt auf sie zu: „Guten Tag, was kann ich für sie tun? Unsere Küche öffnet um 12.30 Uhr, aber Getränke kann ich anbieten."

„Danke, ich möchte nichts trinken. Mein Name ist Sandra Völz, ich komme von der Kripo Kassel und muss Angaben von Herrn Jonathan Schmiedel zum vorigen Donnerstag überprüfen."

Das Geschehen wiederholt sich. Die Restaurantleiterin will zunächst keine Auskunft geben, ruft die Geschäftsführerin an und ist dann gesprächsbereit: „Donnerstag war der Jona einerseits gut drauf, er hat 'ne super Runde gespielt und seine Score-Karte mehrfach herumgezeigt. Das macht er sonst nicht so, das war etwas merkwürdig, und zwischendrin kam er mir dann wieder so nachdenklich vor. Wir kennen uns sehr gut, auch privat ein wenig. Es war kaum möglich, so richtigen Kontakt herzustellen. Und dann ist er nach dem Essen, so gegen 22 Uhr weggefahren, nach Hause, ohne richtig Tschüss zu sagen. Er war so daneben, dass er seine Weste hier hat hängen lassen. Sehen Sie, da drüben hängt sie immer noch. Ich hab' ihn dann abends, kurz nach 23 Uhr noch angerufen, gefragt, ob er mich sehen wolle. Aber da war er sehr kurz angebunden, da hatte ich keine Lust, ihm die Weste hinterherzutragen. Er war dann am Wochenende hier, da war er wie immer, aber das mit der Weste ist irgendwie untergegangen."

Sandra bedankt sich für die ausführliche Auskunft, verabschiedet sich und schaut sich dann, als die Restaurantleiterin sich einem anderen Gast zuwendet, die Weste an. Sie nimmt mit der Plastiktüte, die sie immer in der Jackentasche mit sich führt, zwei Haare auf und schabt etwas am Kragen herum, in der Hoffnung, dass auch Schuppenteile in die Tüte fallen. Sie ruft noch einen Abschied in den Raum und verlässt dann auf schnellstem Wege das Golfressort, ein wenig stolz, dass sie möglicherweise DNA von Herrn Schmiedel einfangen konnte. Ihr ist klar, dass dieses Material vor Gericht höchstwahrscheinlich keine Beweiskraft hat, aber es kann helfen, mehr Klarheit über den möglichen Täter zu gewinnen. Später kann der Abgleich über eine Speichelprobe erfolgen. Im Präsidium bringt sie die Plastiktüte gleich in die Kriminaltechnik und bittet Silke Horchler um einen Schnelltest zum Vergleich mit den DNA-Funden an den Tatorten. Silke verspricht, das Möglichste zu tun, vielleicht gibt es ja zur Besprechung am Nachmittag ein Ergebnis.

# 23
(Montag)

Die Stadt ist wieder voll, und das an einem Montagmittag. Kluthe schimpft im Auto vor sich hin, er kann es nicht erwarten Sonja Wiedemann wiederzusehen. Er wählt den bekannten Weg durch die Pathologie des Klinikums zum Keller der „Rechtsmedizin" und klingelt. Als er den Vorraum betritt, kommt ihm Sonja Wiedemann schon entgegen und drückt ihn – fest und ganzkörperlich, nicht so, wie es oft geschieht und Kluthe es nicht mag: Man drückt vorsichtig den Oberkörper und hält im Bereich des Unterkörpers einen halben Meter Abstand. „Toll, dass Du es pünktlich geschafft hast", begrüßt ihn die Ärztin, „Wie schon gesagt, müssen wir das heut' fast allein wuppen. Mit etwas Verspätung kommt noch ein junger Assistenzarzt aus der Hautklinik, einen anderen konnte ich nicht auftreiben, und es muss ja ein zweiter Arzt dabei sein. Aber das bekommen wir hin, wenn wir uns nicht ablenken". Der Kommissar ist schon wieder verwirrt – was meint sie mit „ablenken"? „Klar kriegen wir das hin. Ich find' es auch schön, dass wir jetzt zu zweit sind, auch wenn ich ein anderes Ambiente noch besser fänd'", steigt er auf das Angebot ein. „Dann machen wir uns fertig zum Arbeiten", antwortet sie, drückt Kluthe einen Kittel in die Hand und geht in den kleinen Nebenraum zum Umziehen. Dabei lässt sie allerdings die Tür auf, so dass Kluthe sie sehen kann – oder soll –, wie sie sich auszieht, in schwarzem Slip und schwarzem BH dasteht und sich dann langsam die Arbeitskleidung, eine weiße Hose und ein T-Shirt, überzieht. Ihm gefällt die Frau wirklich sehr. Er spürt seine plötzliche Erregung und schaut an sich herunter, hofft das diese von außen nicht sichtbar ist. Es ist ihm ein bisschen peinlich, andererseits gibt ihm Sonja die Chance um Zuschauen. Sie kommt aus dem Umkleideraum und sagt dann,

„Ich wollte Dir doch was zeigen, hier." Dabei dreht sie sich um und zieht das T-Shirt am rechten Schulterblatt etwas herunter. Es zeigt sich ein Tattoo, ein Schmetterling, ästhetisch sehr schön, vierfarbig. Peter Kluthe ist schon wieder durcheinander. Eigentlich findet er Tattoos nicht schön, meist eher abstoßend. Aber der Schmetterling auf Sonjas Haut gefällt ihm, das muss an der Frau liegen. Er sagt es auch so: „Eigentlich stehe ich nicht so sehr auf Tattoos. Aber bei Dir sieht der Schmetterling ganz, ganz schön aus. Hast Du den schon lange?" „Da bin aber froh, dass Du ihn gut findest. Ich war doch in Köln und hatte im Grunde schon lange vor, mir ein Tattoo stechen zu lassen, im Grunde direkt nach meiner Trennung, als Abschied und Zeichen für mich. Und die Freundin, bei der ich zum Geburtstag war, kennt ein gutes Studio, da hab' ich Samstagmorgen 'nen Termin gemacht – Du siehst es nach meiner Freundin als Erster:" „Das ist wirklich eine Ehre, danke. Es sieht echt klasse aus", antwortet Kluthe. Mit den Worten „Nun lass uns aber anfangen, ich hab' nachher noch einen Kunden von Dir, die Wasserleiche. Da kommt Dein Kollege, hätt' ich auch noch gern mit Dir gemacht, aber Du musst ja den oder die Täter finden…", bringt Sonja Nüchternheit in die aufgeheizte Situation und zieht sich ihren Kittel an.

Kluthe berichtet vom Fund der Leiche und auch dem Gegenstand, mit dem der Tote mutmaßlich erschlagen wurde. Jetzt klopft es an der Tür und ein etwas bleich aussehender Mann, der für die Rechtmäßigkeit der Obduktion nötige zweite Arzt tritt in den Sektionsraum ein. Kluthe bringt auch ihn auf den aktuellen Stand. Der Kerzenleuchter aus Messing, der blutbefleckt in der Wohnung Blaszinskys gefunden wurde, ist von der Kriminaltechnik schon in die Gerichtsmedizin gebracht worden, so dass er jetzt auch vor Ort ist. „Mir ist besonders wichtig, herauszubekommen, ob der Schlag mit dem Kerzenleuchter verantwortlich für den Tod von Blaszinsky war und ob ersichtlich wird, ob das Ganze Zufall oder geplant war", formuliert der Kommissar sein Anliegen. „Ersteres bekommen wir sicher hin, eine Aussage zum zweiten Wunsch ist schwierig, da muss man sich die gesamte Spurenlage anschauen. Lass uns den Toten auf den Tisch legen", antwortet die Rechtsmedizinerin, die mit Kluthes Unterstützung den Toten aus dem Kühlfach geholt und mittels des Wagens zum Fahrstuhl und dann zum Untersuchungstisch im Sektionsraum gebracht hatte.

Die Obduktion verläuft im routinierten Rahmen und nach dem vorgeschriebenen Ablauf. Es ist erstaunlich, dass die beiden Untersucher nach dem Vorspiel im Umkleideraum derart professionell an die Sache herangehen können und die vorgeschriebene Routine der Obduktion ablaufen lassen; die Anwesenheit des weiteren Arztes hilft dabei sicherlich. Peter Kluthe muss sehr aktiv mitwirken. Das fängt an bei der Lagerung der Leiche, setzt sich beim Drehen fort und es betrifft die ausführliche Dokumentation auf dem Whiteboard. Sonja Wiedemann bespricht die gemachten Beobachtungen am Körper des Toten jeweils mit dem Kollegen und dem Kommissar, bevor sie sie diktiert. Sehr lange betrachten die drei die Schädelverletzung, halten auch den Messing-Kerzenständer dagegen. Es ist eindeutig: Der Abdruck des Kerzenleuchters ist im Schädel zu finden. Das Loch ist so tief, dass Gehirnmasse ausgetreten ist und es ist mit größter Wahrscheinlichkeit davon auszugehen, dass dieser Schlag zum Tod von Jakub Blaszinsky geführt hat. Davon ist auch auszugehen, weil die genaue Inspektion des restlichen Körpers keine Hinweise erbrachte, dass andere äußere Schädigungen zu einer todbringenden Verletzung geführt haben. Der Körper weist zwar einige blaue Flecken auf, die auf Schläge hinweisen, diese Anzeichen sind jedoch oberflächlich, wie verschiedene Hautschnitte an diesen Stellen zeigten. Es gibt weitere Anzeichen für einen möglichen Kampf. Nach dem Aufschneiden des Schädels wird noch einmal deutlicher, dass der Schlag sehr heftig ausgeführt worden sein muss, denn die Abdrücke im Gehirn und die Zerstörung von Material sind erheblich. Der Schlag scheint mit großer Wahrscheinlichkeit von hinten ausgeführt worden zu sein, das zeigen die Stelle und der Winkel der Trümmer in der Schädeldecke und im Gehirn bzw. dem, was davon übrig geblieben ist. Auch bei der Untersuchung der inneren Organe – Kluthe durfte auf eigenen Wunsch hin selbst den Y-Schnitt durchführen, was eigentlich nicht der Vorschrift entspricht – stellte die Rechtsmedizinerin keine Schäden fest. Den Darm muss Kluthe spülen, nicht so angenehm, aber er will sich männlich zeigen – zumal der junge Assistenzarzt sich bleich und nach Luft schnappend abgewandt hatte... Die Organe werden zwar noch genau histologisch und toxikologisch untersucht, aber zum jetzigen Zeitpunkt kann man davon ausgehen, dass der Schlag mit dem Messinggegenstand die Todesursache ist.

Sonja Wiedemann näht den Leichnam wieder zusammen, gemeinsam packen die beiden Männer den Toten wieder in den Leichensack und fahren ihn mit dem Fahrstuhl wieder nach oben, bringen ihn in ‚sein' Kühlfach. Morgen wird ein vertretender Präparator die Leiche noch so herrichten, dass sie von den Angehörigen angesehen werden kann, der Bruder hatte ja dazu den starken Wunsch geäußert.

Nach dieser auch körperlich anstrengenden Aktion setzen sich Kluthe und die Rechtsmedizinerin in den Besprechungsraum; der andere Arzt hatte sich auf seine Station im Krankenhaus verabschiedet. Kluthe hatte Sonja noch beim „Aufräumen" und Desinfizieren geholfen. Bevor sie sich wuschen, hat Sonja einen Kaffee aufgesetzt, der nun fertig ist. Mittlerweile ist es kurz nach 15 Uhr und der Kommissar weist darauf hin, dass er leider nur noch wenig Zeit hat, weil er in einer Stunde die Besprechung im Präsidium leiten muss, bei der viele Untersuchungsergebnisse zusammengetragen werden. Beide diskutieren noch, ob Blaszinsky möglicherweise vorsätzlich mit dem Kerzenleuchter erschlagen wurde, oder ob das eher zufällig bei dem wahrscheinlichen Kampf zwischen Blaszinsky und einer weiteren Person passiert ist. Sonja vertritt die Hypothese, dass der Täter, der Schläger, mit Absicht sehr fest zugeschlagen hat, dass die Verletzung nicht von einem Schlag bei einem Gerangel herrührt: „Dafür war der Schlag zu heftig, die Wunde zu tief. Das Gehirn war stark verletzt, wir haben doch auch eine ganze Reihe von Knochensplittern verteilt im Restschädel gefunden." Kluthe stimmt dem letztlich zu. Als er sich verabschieden will, sagt Sonja: „Schade, dass Du gehen musst. Aber wenn Du Lust hast, können wir uns doch morgen Abend wieder treffen und wieder gemeinsam zu Abend essen." Diese Aussicht hebt sofort Kluthes Stimmung und er willigt freudig ein. Sonja will sich einen Ort überlegen und Kluthe morgen Mittag anrufen. Als sie sich zum Abschied umarmen, wieder körperlich eng mit einem hingehauchten Kuss, klopft es schon an der Tür zur Abteilung. Kurz darauf tritt Carlo Sanchez ein, ruft „Schichtwechsel", und Kluthe verabschiedet sich nochmals mit einem „Tschüüüss" an beide. Er hofft, dass mit „Schichtwechsel" nur die zweite Obduktion gemeint ist.

# 24
(Montag)

Auf dem Weg ins Präsidium fährt Kluthe kurz in seiner Wohnung vorbei, er will den Geruch der Pathologie loswerden. So duscht er und wechselt die Kleidung. Genau um 16 Uhr ist er wieder im Präsidium und begibt sich direkt in den Besprechungsraum. Dieser füllt sich schnell, auch der Chef ist gekommen. Beate Schöller bringt Kluthe noch einen Bericht der Kollegen aus Bremerhaven herein, den diese per Mail geschickt haben. Kluthe überfliegt ihn kurz, begrüßt die Kolleginnen und Kollegen und will die Besprechung eröffnen. Da stürzt der zuständige Staatsanwalt herein, entschuldigt die Verspätung. Der Kripo-Chef hätte ihn benachrichtigt, es würde ja wohl jetzt „ernst" und da könne er mögliche weitere Schritte gleich mit veranlassen. Peter Kluthe ist zunächst etwas irritiert, sieht aber dann die Vorteile, eröffnet die Besprechung und bittet zuerst Silke Horchler um die Erkenntnisse der Spurensicherung.

„Das Wichtigste zuerst: Wir haben identische DNA und auch Fingerabdrücke an den beiden Tatorten festgestellt. Diese DNA war auch an dem Kerzenständer, mit dem Blaszinsky mutmaßlich erschlagen wurde", beginnt die Leiterin der Spurensicherung.

„Ich war ja gerade bei der Obduktion. Wie können gesichert davon ausgehen, dass der Schlag mit dem Kerzenständer die Todesursache von Blaszinsky war. Der Schlag wurde auch mit großer Heftigkeit von hinten ausgeführt, es war also kein ‚Beiprodukt' einer körperlichen Auseinandersetzung", ergänzt Kluthe.

Silke Horchler fährt fort: „Das passt dann alles gut zusammen, wir können zumindest davon ausgehen, dass die Person, die Blaszinsky erschlagen hat, auch bei Schäfer war. Und jetzt: Achtung! Wir haben die DNA mit der von dem Schmiedel verglichen, und der Schnelltest hat eine mindestens 85%ige Übereinstimmung mit der an den Tatorten ergeben. Sandra, danke für die Geistesgegenwart, die DNA-Spuren von Schmiedels Weste auf dem Golfplatz mitzunehmen!" Die Runde klopft auf den Besprechungstisch als Anerkennung für Sandra Völz.

„Dann los, nehmen wir ihn fest", prescht Hamza Gündogan vor. Der Chef und auch der Staatsanwalt treten sofort auf die Bremse, sie wollen erst ein Gesamtbild, und es muss klarere Hinweise auf die möglichen Motive der beiden Taten geben.

Silke Horchler schildert noch weitere Details der Spurensuche. So ist zum einen die Schrottpresse mit Sicherheit auch dazu benutzt worden, Fässer mit Giftabfällen in Schrottwürfel einzuschließen, so dass das Fass nicht beschädigt wurde und von außen nicht zu sehen war. Und dann fand sich im Lkw des Schrotthändlers im Fußraum des Beifahrersitzes eine handschriftliche Beschreibung und eine Skizze der Stelle an dem See bei Northeim, an dem die Giftfässer letztlich in den See abgeladen wurden. Die Handschrift stimmt nicht mit der des Schrotthändlers überein, er muss sie von jemand anderem erhalten haben. Die Schrift weist eher auf eine männliche Person hin. In Blaszinskys Wohnung hätten sie im Übrigen wenig Verwertbares gefunden. Es ist klar, dass ein Kampf stattgefunden hat. Schriftliche Aufzeichnungen oder ähnliches hätte es nirgends gegeben.

Kluthe dankt Silke Horchler für den Bericht, fasst zusammen: „Wenn Schmiedels Spuren an beiden Tatorten zu finden sind, können wir annehmen, dass er zumindest an beiden Tötungen beteiligt war, wenn er nicht sogar allein der Täter ist. Wir wissen, dass es Geschäftsverbindungen zwischen Schmiedel und Schäfer gab, möglicherweise ist da was schiefgelaufen, und hier liegt ein Motiv. Was habt ihr von der Wirtschaft weiter herausbekommen?"

Manuel Franke berichtet die Ergebnisse der Untersuchungen seiner Abteilung: „Also, über die Jahre hat Schäfer erhebliche Mittel von der Schmiedel-Firma bekommen, wir konnten bisher 170.000 Euro rekonstruieren, vermutlich ist daneben noch Bargeld geflossen. Dazu gab es noch eine Bürgschaft für einen sehr günstigen Kredit zur Anschaffung der Schrottpresse. Hier hat sich ebenfalls die Außenwirtschaftsförderung des Bundeswirtschaftsministeriums engagiert, da gibt es einen Schriftwechsel. Offiziell geht es um die Versendung von Metall aus Autoschrott nach China, die Metall- bzw. Stahlpreise sind ja sehr gestiegen. So handelt es sich möglicherweise um ein lukratives Geschäft. Andererseits ist fraglich, ob solche Summen mit dem Schrott zu erwirtschaften sind. Wir haben die Vermutung, dass es auch um das Verschicken von Giftmüll geht. Die Schmiedel-Firma hat eine Lizenz zur Entsorgung chemischer Abfälle. Dabei ist allerdings genau vorgeschrieben, welche Chemikalien wie entsorgt werden dürfen und was möglicherweise auch in Drittländer zur Entsorgung ausgeführt werden kann. Das wird an sich sehr streng kontrolliert. Die Asbest- und DDT-Spuren können Zeichen dafür sein, dass illegale Giftstoffe in den Fässern waren, die dann in den Schrottwürfeln versteckt und ausgeführt wurden. Das sind jetzt Vermutungen, aber es spricht einiges dafür. Haben die Kollegen aus Bremen mehr herausbekommen?"

Kluthe liest aus der E-Mail vor, dass die Schmiedel GmbH & Co. KG regelmäßig Metall nach China exportiert hat. Dieses wurde per Zug nach Bremerhaven angeliefert und dort auf Frachtschiffe verladen, Zielort ist zumeist der Hafen Guangzhou. Der Kommanditist Asia Ltd. ist dabei offensichtlich das Zwischenglied der Verbindungen nach China. Für weitere Details bräuchte man eine Durchsuchung der Geschäftsräume, hier würde sich die örtliche Staatsanwaltschaft aber schwertun.

„Das passt doch alles zusammen", nimmt Franke den Faden wieder auf. „Die Telefonüberwachung und die Analyse des aktuellen Geldflusses hat erstmal nichts ergeben. Zum tieferen Einsteigen hat uns bisher die Zeit und das Personal gefehlt. Wir wissen auch noch nichts über weitere Geschäftspartner oder Hintermänner. Es ist ja völlig offen, wie Schmiedel an das Gift gekommen ist, wenn unsere Hypothesen zutreffen. Ich plädiere in jedem Fall dafür, auch eine Durchsuchung des Wohnhauses und der Geschäftsräume des guten Herrn Schmiedel zu beantragen und möglichst schnell durchzuführen. Ach so, noch etwas: Schmiedel hat gestern 48.000 Euro von seinem Konto bei der Deutschen Bank in Göttingen in der Zindelstrasse abgehoben. Vielleicht will der Vogel wegfliegen…"

Die Runde nickt zustimmend und auch der Staatsanwalt brummelt Zustimmung, fragt dann: „Was sagt denn das Bewegungsprofil des Handys?".

„Er befindet sich noch in der Gegend, aktuell ist er wohl in seinem Haus in Hedemünden, es gibt also keine größeren Bewegungen", meldet sich Mirko Schulz, der die Koordination der Überwachung übernommen hat.

Das Team diskutiert dann, ob die bisherigen Ergebnisse für einen Haftbefehl ausreichen. Die DNA-Spuren, die sich bis morgen endgültig bestätigen lassen, sprechen dafür, dass es Auseinandersetzungen zwischen Schmiedel und Schäfer und vielleicht in Folge auch mit Blaszinsky gegeben hat. Möglicherweise haben die wahrscheinlich illegalen Geschäfte um das Gift und der Vorfall am See zu einer Eskalation geführt. Das Abheben des Geldes kann darauf deuten, dass Schmiedel seine Flucht vorbereitet. Andererseits ist er nach Blaszinskys Tötung nicht gleich verschwunden, sondern hat seine regulären Aktivitäten, zumindest im Golfklub, auch am letzten Wochenende fortgeführt. Eventuell haben ihn der Anruf von Kluthe und die Vorladung für morgen aufgeschreckt. Nach Abwägen des Für und Wider und der rechtlichen Möglichkeiten formuliert letztlich Leonhardt, der Kripo-Chef klar, dass er einen Haftbefehl und Durchsuchungsbeschlüsse für Privathaus und Geschäftsräume für unbedingt nötig hält. Das Team klopft zum zweiten Mal an diesem Nachmittag auf den Besprechungstisch und der Staatsanwalt sagt zu, bei der Ermittlungsrichterin, die heute Bereitschaft hat, beides zu beantragen. Peter Kluthe erklärt sich bereit, den Tatverdacht nochmals kurz schriftlich zusammenzufassen und gegebenenfalls zu einem Gespräch mitzukommen, falls dies nötig sei. Mittlerweile ist es schon 17.30 Uhr, alle wirken erschöpft, und Kluthe und der Chef beenden die Sitzung.

Der Kommissar verfasst einen zweiseitigen Bericht mit den wesentlichen Fakten, schickt ihn per E-Mail an den Staatsanwalt. Schon nach einer Stunde kommt die Rückmeldung, dass die Bereitschafts-Ermittlungsrichterin den Haftbefehl und die Durchsuchungsbeschlüsse ausgestellt hat. Kluthe ist froh, dass das diesmal so schnell und unkompliziert gelaufen ist, so kann er die Festnahme für morgen früh planen.

Kluthe kommt erst spät, kurz vor 21 Uhr am Abend, nach Hause, brät sich drei Spiegeleier mit Speck und macht sich ein Bier auf. Anschließend ruft er seinen Freund Joachim an, der zum Glück zuhause ist. Er braucht einen Austausch wegen Sonja, die Frau fasziniert ihn so, wie er das bei sich gar nicht kennt. Er kann Gedanken an sie und Gefühle für sie verdrängen, wenn er im beruflichen Flow ist. Aber sobald der nachlässt – und die Dinge sind jetzt erst einmal geregelt –, muss er nahezu pausenlos an Sonja denken. Das kennt er von sich nicht und macht ihm etwas Angst: Wie kann ich mich nur so verlieben? Er schildert Joachim seine Gefühlszustände und auch, dass ihn Sonjas Direktheit irritiert. „Sowas hab' ich lange nicht erlebt, ja, ich weiß gar nicht, ob ich das bei einer Frau überhaupt schon mal erlebt hab'. Ich hab' schon das Gefühl, sie will mich, und ich find sie klasse, aber es geht so schnell ...", schließt er seine Schilderungen. Und merkt, dass zwischendrin eine SMS eingegangen ist: „Ich wünsche Dir eine gute Nacht, bin sehr froh, dass Dir der Schmetterling gefällt. Ganz liebe Grüße – Sonja". Joachim versucht, ihn zu beruhigen: „Genieß das doch! Ist doch super, dass eine offensichtlich attraktive Frau sich für Dich alten Kerl interessiert ..." „Aber wo soll das hinführen? Ich dachte, ich hab' mich gut in meinem Leben arrangiert. Und dann gehen alle Schleusen bei mir auf. Ich fürchte auch ein wenig, enttäuscht zu werden, wenn es dann schief geht", antwortet Kluthe. „Du hast doch nix zu verlieren", antwortet der Freund, „Du kommst gut allein zurecht, das hast Du die letzten fünf Jahre bewiesen. Lass Dich drauf ein, die Frau will doch. Wenn Du zu zögerlich bist, springt sie wieder ab." Kluthe fühlt sich ein wenig beruhigt, wünscht Joachim eine gute Nacht – und beantwortet dann Sonjas SMS.

# 25
(Dienstag)

Peter Kluthe steht sehr früh auf. Er hat die Festnahme des Herrn Schmiedel für 7.30 Uhr in Hedemünden anberaumt. Dies bedeutet, dass er um 7 Uhr im Präsidium losfahren muss. Er fährt zusammen mit Hamza Gündogan. Lieber hätte er Sandra Völz dabei gehabt, sie kann aber so früh nicht kommen, da sie ihre Tochter in die Krippe bringen muss, ihre Frau hat einen anderen, nicht verlegbaren Termin. Sandra wäre ebenfalls gern mitgekommen, brummelt, dass es bei aller Familienliebe auch doof ist, bei so einer Aktion nicht dabei sein zu können. Hamza wiederum redet viel und ist manchmal etwas ungestüm. Kluthe hat zusätzlich einen Streifenwagen aus Hofgeismar und einen von der Polizeistation Staufenberg angefordert. Zudem hat er für 8 Uhr je ein Team der Spurensicherung aus Kassel und eines vom Polizeikommissariat Hannoversch Münden gebeten, die Hausdurchsuchung durchzuführen. Den Durchsuchungsbeschluss für die Geschäftsräume in Bremerhaven hat er gestern Abend noch an die Kollegen aus Bremerhaven geschickt.

Auf dem Weg nach Hedemünden bekommt er von Mirko Schulz einen Anruf: Das Telefon von Schmiedel sei abgeschaltet, der letzte nach zu verfolgende Standort sei das Wohnhaus in der Gartenstraße gewesen. Jetzt ist keine Bewegung zu registrieren. Ein weiterer Anruf kommt von Manuel Franke von der Wirtschaftsabteilung: Sie hätten gestern noch festgestellt, dass der Herr Schmiedel auch 50.000 Euro vom Geschäftskonto seiner Firma in der Commerzbank Göttingen, Prinzenstraße, abgehoben habe. Es gibt also deutliche Anzeichen, dass der Herr Schmiedel verschwinden will.

Etwa zeitgleich treffen die beiden Streifenwagen sowie Kluthe und Gündogan mit dem Skoda in der Gartenstraße ein. Kluthe weist zwei Kollegen an, den hinteren Teil des Grundstücks zu beobachten. Er geht dann mit Hamza zur Haustür und klingelt. Niemand rührt sich. Sie klingeln Sturm, laut und anhaltend – nichts passiert. Hamza will gleich die Haustür aufbrechen, Kluthe hält ihn zurück, bittet ihn, die Haustür zu bewachen und lässt die Kollegin und den Kollegen aus dem zweiten Streifenwagen ebenfalls das Grundstück bewachen und nach dem Auto von Schmiedel suchen; sie machen sich auf zur Garage.

Kluthe selbst geht über die Straße zur Nachbarin, die beim letzten „Besuch" so bereitwillig Auskunft gegeben hat. Sie öffnet sofort auf sein Klingeln. „Was ist denn bei Herrn Schmiedel los, soviel Polizei. Und Sie… Sie kenne ich doch. Was soll das alles?" Der Kommissar weist sich aus und erklärt, dass sie Herrn Schmiedel suchen. „Wieso das denn?", fragt die Nachbarin, „der ist doch so nett, tut keiner Fliege was zuleide…". Kluthe erläutert, dass er dazu nichts sagen dürfe, fragt, ob sie ihn in den letzten Tagen gesehen habe. „Ja, klar, gestern Abend war er hier und hat mich gebeten, die Blumen zu gießen und die Post aus dem Briefkasten zu nehmen. Er müsse heute für ein paar Tage weg. Ich hab' doch seinen Schlüssel, weil ich auch einmal in der Woche bei ihm putze. Er ist ein sehr ordentlicher Mann. Manchmal kommt spätabends eine Frau, das hinterlässt dann Spuren", antwortet die Nachbarin. Kluthe bittet sie dann, das Haus aufzuschließen. Sie will das zunächst abwehren, der Polizist argumentiert mit „Gefahr im Verzuge" und dass sie sich strafbar macht, wenn sie die Polizei beim Ausüben der Dienstgeschäfte behindert. So gibt sie dem Kommissar den Hausschlüssel.

Auf dem Weg zur anderen Straßenseite, zum Haus des Herrn Schmiedel, kommt dem Kommissar eine Kollegin der Schutzpolizei entgegen: „Die Garage ist zwar verschlossen. Wir konnten das Tor allerdings etwas anheben und reinschauen – kein Auto da." Kluthe schließt dann die Haustür auf und gemeinsam mit Hamza Gündogan und zwei weiteren Schutzpolizisten gehen sie in das Haus. Zunächst sind sie sehr vorsichtig, sichern sich Schritt für Schritt gegenseitig, erkunden so den kurzen Flur, der in ein großes Wohnzimmer mündet. Dort befindet sich eine offene, integrierte Küche, alles wirkt relativ neu renoviert bzw. umgebaut. Die Polizisten rufen nach Herrn Schmiedel – keine Antwort. Sie teilen sich daraufhin auf und durchsuchen jeweils zu zweit das gesamte Haus. Im Erdgeschoss befinden sich noch ein kleineres Bad und ein Raum, der offensichtlich als Büro genutzt wird. Im Obergeschoss finden sich zwei Schlafräume, ein komfortables Bad und ein Raum mit Fitnessgeräten. Auch alle diese Räume wirken, als wären sie vor nicht allzu langer Zeit renoviert worden. Nirgends ist eine Person sichtbar. Anschließend wollen die Polizisten in den Keller des Hauses, die Tür ist verschlossen. Hamza ist sofort in seinem Element: „Die brechen wir auf!" Dieses Mal stimmt Kluthe als Einsatzleiter vor Ort zu und einer der Schutzpolizisten holt eine Axt aus dem Streifenwagen. Die Kellertür wird aufgebrochen und vorsichtig, sich gegenseitig absichernd, durchsuchen die Polizisten den Keller. Auch hier ist keine Person zu entdecken.

Kluthe geht wieder in das Erdgeschoss, berät sich kurz mit Hamza. Offensichtlich ist Herr Schmiedel nicht im Haus und verschwunden. Die Wahrscheinlichkeit, dass er flüchten will, ist groß, darauf weisen das fehlende Auto, mehr noch das abgeschaltete und nicht erreichbare Telefon hin. Sie beschließen, Schmiedel zur bundesweiten Fahndung ausrufen zu lassen. Dazu telefoniert Kluthe mit dem Kommissariat in Kassel, und Mirko Schulz vor Ort übernimmt das, er hat alle Daten und auch ein Bild – von der Golfklub-Veranstaltung aus dem Internet – des wahrscheinlich Flüchtigen. Es soll vor allem auch die Bundespolizei informiert werden und Kontrollen an Grenzen und Flughäfen, besonders Hamburg, Bremen, Hannover und Frankfurt, vorgenommen werden. Über das Auto des Verdächtigen wissen sie zunächst nur, dass es ein Maserati ist. Frau Schäfer hatte den Autotyp wiedererkannt. Über die Zulassungsstelle im Landkreis Göttingen können sie jetzt noch Autokennzeichen und genauen Typ und Farbe herausbekommen, das war bisher vernachlässigt worden, wie Kluthe und Schulz sich im Telefonat eingestehen müssen. Sie brauchen wahrscheinlich etwas Glück, den Herrn Schmiedel noch zu erwischen, bevor er das Land verlässt.

Zeitgleich sind die beiden Gruppen der Spurensicherung aus Kassel und Hannoversch Münden eingetroffen. Es sind insgesamt acht Personen, die die systematische Hausdurchsuchung durchführen wollen. Peter Kluthe bespricht mit den Kolleginnen und Kollegen das Vorgehen und bittet, dass alle beschlagnahmten Gegenstände ins Polizeipräsidium nach Kassel gebracht werden. Die Teams sollen vor allem auf mögliche Hinweise auf die Gewalttaten, zum Beispiel Reste von Blut an Kleidungsstücken, achten. Und dann ist alles wichtig, was mit Geschäfts- oder Privatkorrespondenz zu tun hat, in Papier- oder digitaler Form. Er erzeugt mit seiner Ansprache bei den Fachleuten der „Spusi" ein wenig Heiterkeit bis leichten Ärger: „Wir wissen, was zu tun ist und wonach wir in solch einem Fall suchen müssen, wir haben uns zumindest grob über die elektronische Akte informiert ..." Kluthe und Gündogan beteiligen sich an der Durchsuchung, zunächst gibt es jedoch keine Funde. Einige Akten im „Arbeitszimmer" betreffen eher private Dinge, den Golfklub oder den Hauskauf und die Renovierung. Diese ist in der Tat vor drei Jahren begonnen und nach etwa einem Jahr abgeschlossen worden. Ein stationärer Computer findet sich nicht, jedoch ein übergroßer Bildschirm mit Anschlussmöglichkeiten für einen Laptop. Den hat Schmiedel vermutlich mitgenommen.

Das Telefon des Kommissars klingelt – es ist Mirko Schulz: „Sie haben den Schmiedel in Hannover festgenommen", berichtet er. „Der wollte den 11.40 Uhr-Flieger mit British Airways nach London-Heathrow nehmen. Weil seit dem Brexit, dem Austritt Großbritanniens aus der EU, Ausweiskontrollen an Flughäfen bei Flügen nach London wieder Pflicht sind, konnte Schmiedel erkannt werden. Er musste den Reisepass vorlegen und wird jetzt von der Bundespolizei in Hannover festgehalten." „Das ist ja mal eine ganz gute Nachricht. Ich hatte echt befürchtet, wir sind zu spät und er wäre uns durch die Lappen gegangen", freut sich Kluthe. „Der Chef meint, es wäre wichtig, wenn einer von uns, am besten Du, vor Ort ist, die erste Befragung vornimmt und dann zusieht, dass Schmiedel in U-Haft nach Kassel kommt. Den Amtsweg regelt der Staatsanwalt von hier aus", ergänzt

Schulz. Kluthe zögert ein wenig, hat eigentlich keine Lust, den Rest des Tages möglicherweise am Flughafen von Hannover zu verbringen und dann auch noch in Zuständigkeitsgerangel der verschiedenen Länder- und Kriminalpolizeibehörden zu kommen. Und, eigentlich noch wichtiger: Er freut sich auf das Treffen mit Sonja Wiedemann heute Abend – wenn er nach Hannover fährt ist das in jedem Fall gefährdet. Er weiß nicht, wie die Frau reagieren wird… Andererseits ist es sein Fall, und er will jetzt unbedingt dranbleiben und den Verdächtigen frisch nach der Festnahme verhören. „Okay, ich mach' mich gleich auf dem Weg, wenn es noch neue Informationen gibt, ruft mich an", antwortet er dann Mirko Schulz.

Kluthe informiert Hamza Gündogan über die aktuelle Entwicklung, der jubelt laut, will mit nach Hannover. Allerdings sollte einer von der Kasseler Kripo vor Ort bleiben und die Ermittlungen dort koordinieren, auch die Nachbarin noch einmal befragen. Das sieht Hamza ein, Kluthe fährt nach Hannover, Hamza später mit der Spurensicherung zurück nach Kassel.

# 26
(Dienstag)

Der Weg zur Autobahn ist mittlerweile bekannt, Kluthe fährt auf die A7 Richtung Norden. Nach der Abfahrt Nörten-Hardenberg gibt es eine mittlerweile legendäre Baustelle über 30 Kilometer. Der Kommissar reiht sich in die Schlange der Lkws ein, er hat keine Lust auf der engen Überholspur vorbeizufahren. Zudem hat er sich entschlossen, Sonja das Treffen für heute Abend abzusagen und da ist Langsamfahren trotz Freisprecheinrichtung gesünder.

Sie geht glücklicherweise gleich ans Handy: „Was hast Du uns denn da für einen eklig verwesten dicken Mann geliefert? Das hat gar keinen Spaß gemacht, den zu untersuchen, war ein natürlicher Tod, Herzinfarkt. Dafür musst Du mir heut' Abend einen ausgeben", überfällt sie ihn.

„Das würde ich gerne machen, aber ich muss leider absagen: Unser Verdächtiger, der Herr Schmiedel, ist vorhin auf dem Flughafen Hannover festgenommen worden und ich bin auf dem Weg dorthin. Ich leite doch die Untersuchung und will ihn als Erster vernehmen und auch dafür sorgen, dass er nach Kassel überführt wird. Da ich nicht weiß, wie lange das dauert, will ich Dich heute Abend nicht warten lassen."

„Ach, das ist echt schade, hatte mir sowas Schönes ausgedacht", die Enttäuschung schwingt deutlich bei Sonja Wiedemanns Antwort mit.

Kluthe hat ein wenig vorgesorgt und sich eine Alternative ausgedacht: „Ich hab' auch 'ne gute Idee zur Entschädigung: Morgen hab' ich frei, Überstunden und Ausgleich für das Bereitschaftswochenende. Wahrscheinlich muss ich den Schmiedel morgen früh nochmal vernehmen, aber der Nachmittag ist frei, dann könnte ich Dir meine Gartenlaube zeigen. Ich besorg was zum Grillen und 'ne Flasche Sekt..."

Die Stimme der Frau wird gleich fröhlicher: „Das klingt wirklich nach Entschädigung. Ja, ich hab' Lust, Dich in der Gartenlaube zu sehen. Isses denn dort gemütlich?"

Kluthe ist gleich wieder verwirrt – was meint sie mit „gemütlich"? „Ja, klar ist es dort grundsätzlich nett und man kann es sich gemütlich machen."

„Okay, dann komme ich sehr gern. Ich muss bis halb fünf arbeiten, würde mich noch frisch machen, wie wäre es um sechs?"

Kluthe ist beruhigt und froh: „Super! Ich würde Dich am Parkplatz der TSG Wilhelmshöhe in der Ecke Kirchditmolder Straße, Straße Am Rammelsberg abholen, dann sind es noch etwa 500 Meter."

Sie verabschieden sich und Kluthe fährt äußerst gut gelaunt weiter. Und mit dem Verkehr hat er auch Glück, er kommt gut durch. Von der A 7 Kassel–Hannover–Hamburg biegt er auf den gut ausgeschilderten Flughafenzubringer A 352 und gelangt von dort direkt zum Airport. Dort wählt er einen der Kurzzeitparkplätze vor Terminal 2 und legt das Schild „Zivilfahrzeug der Polizei im Einsatz" ins Fenster.

Im Flughafengebäude sucht er eine bzw. die Polizeistation und findet nach einigem Fragen die „Polizeiwache" der Landespolizei Niedersachsen auf der Ankunftsebene im Verbindungsgang zwischen Terminal B und C. Dort stellt er sich vor, zeigt den Dienstausweis und fragt nach dem Verhafteten. Die Kollegin, die ihn begrüßt hat, weiß erst einmal nichts von einer Verhaftung, ist zugleich sehr hilfsbereit. Ein zweiter Kollege in der Wache weiß auch nichts, das Ganze scheint wohl reibungslos verlaufen zu sein, sodass bei der Dienststelle der Landespolizei noch nichts bekannt geworden ist. So ruft sie bei der Bundespolizei an, die für die polizeiliche Kontrolle des grenzüberschreitenden Verkehrs zuständig ist. Dort wird sie zweimal verbunden, schließlich erreicht sie eine zuständige Person. Sie telefoniert eine Weile, Kluthe wird langsam ungeduldig, stöhnt hörbar, dann berichtet die Polizeibeamtin: Ja, der Herr Schmiedel sei heute Morgen bei der Passkontrolle auf dem Weg zu den internationalen Flügen festgenommen worden, aufgrund der Fahndung, die heute Morgen eingetroffen sei. Er wäre zunächst kurz direkt bei der Bundespolizei am Flughafen in Gewahrsam genommen worden, inzwischen aber in die Bundespolizeiinspektion am Flughafen Hannover, in die Benckendorffstraße, neben der Justizvollzugsanstalt, überstellt worden. Kluthe bedankt sich bei der Kollegin der Landespolizei und ist froh, dass diese Auskunft, wenn auch nach längerem Hin und Her, jetzt wohl Klarheit schafft. Die Polizistin macht noch eine kleine Skizze, wie der Kommissar aus Kassel am schnellsten in die Benckendorffstrasse kommt. Offensichtlich hätte die Frau noch gern mit ihm Zeit verbracht, aber dafür hat Kluthe aus mehreren Gründen jetzt keinen offenen Kanal.

Draußen auf dem Kurzparkplatz hat Kluthe einen Strafzettel unter dem Scheibenwischer hängen, er hat die Kurzparkzeit überschritten. Er flucht leise vor sich hin: Es ist immer das Gleiche, nimmt denn keiner sein Hinweisschild ernst – obwohl ein Polizeiwappen drauf abgelichtet ist. Er wird keine Nachteile haben, wird auch nicht zahlen müssen, aber er wird Schreibarbeit haben. Nun denn, der Kriminalkommissar fährt auf dem skizzierten Weg zur Dienststelle der Bundespolizei. Am Eingang des Geländes ist eine Schranke, nach Vorzeigen des Dienstausweises wird er hereingelassen und findet einen freien Parkplatz. Das Gebäude der „Bundespolizeiinspektion Flughafen Hannover" wirkt unspektakulärer als es der Name vermuten lässt: ein langgezogener, eher schlichter Backsteinbau. Kluthe geht zum Haupteingang, bei der Beamtin an der Pforte trägt er sein Anliegen vor, er möchte mit den zuständigen Bundespolizisten sprechen, die die Festnahme von Herrn Jonathan Schmiedel veranlasst haben beziehungsweise jetzt zuständig sind. Auch hier wird es zunächst umständlich. Nach Prüfen des Dienstausweises wird Kluthe hereingelassen und zum zuständigen Abteilungsleiter, ebenfalls einem Polizeihauptkommissar, geführt. Dieser sitzt in Uniform, drei silberne Sterne auf den Schultern, in einem eigenen, allerdings kleinen Büro mit Mobiliar aus den 1960er-Jahren. Der Kollege der Bundespolizei ist etwa Mitte 50, macht einen gemütlichen Eindruck, was allerdings auch an der äußeren Erscheinung, mittleres Bäuchlein, Haarkranz auf dem ansonsten spiegelglatten Kopf, liegen mag. Peter Kluthe schildert nach den Begrüßungsfloskeln, dass er fallführender Kommissar, genauer: Hauptkommissar der Kasseler Kripo, ist und sehr froh, dass es gelungen ist, Herrn Schmiedel festzunehmen. Er erläutert dann grob die Zusammenhänge und den konkreten Verdacht, dass Schmiedel maßgeblich für die zwei Todesfälle verantwortlich ist. Kluthe stellt ebenfalls seine Anliegen dar: Er möchte den Festgenommenen verhören und bittet um Überstellung in die Untersuchungshaft nach Kassel. Der Kommissar der Bundespolizei hatte inzwischen den Haftbefehl gelesen und zudem grundsätzlich kein Interesse, den Verdächtigen in Hannover zu behalten, das konnten die beiden im Gespräch schnell abklären. Der Herr Schmiedel sei in einem Haftraum der Bundespolizeiinspektion „untergebracht" und der Kasseler Kommissar könne „selbstverständlich" eine erste Vernehmung vornehmen. Er wäre gern dabei, wenn der Kasseler Kollege nichts dagegen hätte, führte der Bundespolizist dann aus. Kluthe war damit sehr einverstanden: Wenn zwei Polizisten die Vernehmung durchführen, ist grundsätzlich mehr Rechtssicherheit gegeben und er wollte auch die Kooperation stärken, damit Schmiedel dann baldmöglichst nach Kassel überführt wird.

Schmiedel wird von einem Beamten der Bundespolizei in eine Art Verhörraum gebracht. Der Tatverdächtige wirkt sehr angespannt. Sein körpernah geschnittener Anzug ist zerknittert, seine Haare zerzaust. Der Verhörraum scheint zugleich auch Aktenaufbewahrungsort zu sein, die Wände sind voll mit Aktenschränken aus Metall. In der Mitte dieses Raum befindet sich ein abgenutzt wirkender, rechteckiger Resopal-Tisch mit je zwei Stühlen auf den Längsseiten. Der Kollege der Bundespolizei hatte ein Aufnahmegerät mit zwei Mikrofonen besorgt, das in der Mitte dieses Tisches steht. Die Kommissare bitten Herrn Schmiedel sich zu setzen, der Bundespolizeibeamte, der ihn gebracht hat, bleibt ebenfalls im Raum. Kluthe klärt Schmiedel über seine Rechte auf und erklärt, dass es sich um eine offizielle Vernehmung handelt, die auch aufgezeichnet wird.

Der verdächtige Herr Schmiedel ergreift gleich die Initiative: „Das ist eine Unverschämtheit! Ich werde hier festgehalten, mir entgehen wichtige Geschäfte in London. Niemand hat mich richtig aufgeklärt, was hier eigentlich los ist. Ich will meinen Rechtsanwalt sprechen!"

Kluthe stellt ruhig den Sachverhalt dar: „Sie werden verdächtigt, zwei Personen umgebracht zu haben, den Herrn Schäfer, Schrotthändler, und seinen Angestellten, Herrn Blaszinsky, beide aus Hofgeismar. Aufgrund verschiedener, deutlicher Hinweise haben wir einen klaren Verdacht, dass Sie an den Tötungen maßgeblich beteiligt sind. Ich wollte Sie dazu heute Morgen im Polizeipräsidium in Kassel befragen, Sie sind nicht erschienen. Wir haben auch Hinweise, dass Sie das Land länger verlassen wollen und flüchten. Daher wurde vom zuständigen Ermittlungsrichter ein Haftbefehl ausgestellt."

„Ich habe Ihnen doch klar gesagt, dass ich an dem Donnerstag beim Golfspielen und im Klub war. Was mit dem Schäfer sein soll, davon weiß ich nichts", antwortet Schmiedel jetzt etwas leiser.

„Wir haben Ihre DNA und Fingerabdrücke an beiden Tatorten gefunden, auch an den Gegenständen, mit denen beide Männer getötet wurden. Können Sie das erklären?"

„Ich hab' mit dem Schäfer doch Geschäfte gemacht, das ist kein Geheimnis. Er hat Schrott gepresst und den habe ich nach China verschifft. Metall ist gefragt, es werden hohe Preise dafür gezahlt. Wie meine DNA zu dem anderen gekommen ist, weiß ich nicht."

Kluthe entscheidet sich, zunächst die eine Tat in den Mittelpunkt zu stellen: „Im Büroraum des Herrn Schäfer hat eine Auseinandersetzung stattgefunden. Der Mann ist mit einem Druckluftnagler angeschossen worden, daran ist er gestorben. Nochmal: Wie erklären Sie sich, dass Ihre Fingerabrücke an verschiedenen Stellen im Büro sind und auch auf dem Nagler?"

Jetzt wird Schmiedel sehr laut, brüllt mit hochrotem Kopf: „Der Schäfer, dieses Arschloch! Der hat insgesamt bestimmt 'ne viertel Million an dem Schrottversand verdient, der war vorher eigentlich pleite. Ich hab' den gerettet und noch dafür gesorgt, dass er 'ne Bürgschaft für die neue Schrottpresse bekommt. Und dann wollte er immer mehr Geld, der war unersättlich. Da hatten wir in der Tat einen Streit. Bei ihm im Büro. Und dann ist er auf mich losgegangen, wollte mir an die Gurgel und hatte auf einmal den Nagler in der Hand. Dann haben wir gekämpft und plötzlich ist das Ding losgegangen. Und er ist umgefallen. Das war eindeutig Notwehr! Ich hatte Muffe, bin dann weggefahren, war 'ne Kurzschlussreaktion. Aber es war Notwehr! Der wollte mich umbringen! Und jetzt reicht es mir, ich sage nix mehr, ich will meinen Anwalt sprechen."

Der Kommissar der Bundespolizei versucht es noch einmal: „Den Anwalt können Sie gleich anrufen. Aber überlegen Sie es sich: Offensichtlich gibt es viele Beweise, dass Sie an den Tatorten waren. Eine genaue Erklärung oder ein Geständnis, was warum genau vorgefallen ist, hilft Ihnen im Gerichtsverfahren."

„Nochmal: Ich hab' nichts gemacht. Der Schäfer hat mich angegriffen, ich hab' mich gewehrt, dabei ist das Ding losgegangen. Da braucht es kein Gericht. Ich will meinen Anwalt sprechen!!!" beharrt Schmiedel lautstark.

Kluthe und der Bundespolizist verlassen den Vernehmungsraum. Sie sprechen sich ab: Die Bundespolizei ermöglicht dem Verdächtigen das Telefonat mit seinem Anwalt, zugleich soll alles in die Wege geleitet werden, damit er schnellstmöglich nach Kassel in die Untersuchungshaft in der Justizvollzugsanstalt I in der Theodor-Fliedner-Straße im Stadtteil Wehlheiden überführt wird.

Als Kluthe sich wieder auf den Heimweg macht, ist es schon fast 19 Uhr. Es hat einigen bürokratischen Aufwand erfordert, die Zuständigkeiten zu klären und die Überführung noch am heutigen späten Nachmittag zu veranlassen – und dann auch durchzuführen. Es sind mittlerweile die Polizeibehörden von drei Bundesländern – Hessen, Niedersachsen und Bremen –, zusätzlich die Bundespolizei involviert. Zwar sind alle Dienststellen mit Arbeit sehr ausgefüllt bis überlastet, aber es wollen alle einbezogen werden und müssen ihre Zustimmung geben, dass der Fall weiter in Kassel bearbeitet wird. Kluthe sieht das

Ende und möchte natürlich auch die Früchte der Arbeit der vergangenen zehn Tag für sich und sein Team ernten. Nach einigen Telefonaten, E-Mails und Faxen wurde dann – mit Unterstützung des Chefs in Kassel – die Überführung angeordnet. Schmiedel hätte auch noch eine Nacht im Gewahrsam der Bundespolizei in Hannover bleiben können, allerdings waren die Kollegen dort letztlich froh, dass sie die Verantwortung los waren. Der Einspruch des Anwalts konnte mit Hinweis auf den Haftbefehl und das wahrscheinliche Fluchtverhalten abgewiesen werden. Für morgen Mittag wurde ein Haftprüfungstermin anberaumt.

Die Autobahn A7 ist wieder sehr voll, die 30 Kilometer Baustelle mit teilweise Tempo 60 erlebt Peter Kluthe als Zumutung. Er ist einerseits voll mit Adrenalin nach den Ereignissen des Tages, auch stolz, dass die Festnahme und Überführung nach Kassel gelungen ist. Andererseits merkt er auch die Anstrengungen dieses und der vergangenen Tage und hofft, dass morgen die Haftprüfung gut verläuft. Sonst besteht die Gefahr, dass Schmiedel noch Spuren verwischen kann. Der Kommissar muss sich morgen gut vorbereiten, die weiteren Erkenntnisse der KTU und, wenn es da was gibt, der Wirtschaftsabteilung sichten, alles zu einem schlüssigen Ganzen zusammenführen. Als er gegen 21 Uhr endlich wieder in Kassel ist, beschließt er, sofort in seine Wohnung zu fahren, ein Abendbier zu trinken und dann morgen recht früh im Büro zu sein. Aus dem Auto heraus hat er noch einen Vernehmungstermin in der Justizvollzugsanstalt für den Vormittag festgelegt. Und am Nachmittag muss er mit allem fertig und frei sein. Für Sonja.

# 27
(Mittwoch)

Nach dem kleinen Morgenkaffee zuhause macht sich Kluthe schon um 7 Uhr auf den Weg ins Präsidium. Im Büro liest er die gestern eingetroffenen E-Mails und es gibt in der Tat einige neue Erkenntnisse in den Fällen Schäfer/Blaszinsky:

Die jetzt schriftlich vorliegenden Gutachten der Gerichtsmedizin weisen beide darauf hin, dass die Tatwaffen mit größter Wahrscheinlichkeit vorsätzlich eingesetzt wurden. Bei Schäfer zeigt der Eintrittswinkel des Nagels, dass er nahezu im rechten Winkel in den Schädel eingedrungen ist. Es gibt keine größere Eintrittswunde. Beides ist ein deutlicher Hinweis, dass der Druckluftnagler direkt an den Kopf gehalten und dann abgedrückt wurde. Blaszinsky wurde mit großer Wucht von hinten erschlagen. Auch hier ist es unwahrscheinlich, dass der Schlag aus einem Handgemenge heraus entstanden ist. Bei beiden Toten sind die Verletzungen maßgeblich für das Ableben; die inneren Organe von beiden Männern weisen keine Anzeichen oder Auffälligkeiten auf, die für den Tod verantwortlich wären.

Auch die KTU hat einen weiteren Bericht geschickt: Die gefundene DNA und auch die Fingerabdrücke an beiden Tatorten und auch an den Tatwaffen sind eindeutig Schmiedel zuzuordnen. Zudem wurde ein graphologischer Vergleich der Handschrift auf der Skizze und Anfahrtsbeschreibung zu dem „Giftmüll-See" in der Nähe von Northeim, die in Schäfers Lkw gefunden wurde, mit der Handschrift Schmiedels vorgenommen. Hierzu fanden sich Schriftstücke in Schmiedels Haus. Es ist von einer 87%igen Übereinstimmung auszugehen. Es seien auch viele Aktenordner und weitere Aufzeichnungen, wie Kalender aus den letzten Jahren, gefunden und mitgenommen worden – dieses umfangreiche Material muss aber „in Ruhe ausgewertet" werden, wie es in der Mail heißt.

Zwei andere wichtige, oder besser: interessante Mails betreffen die wirtschaftlichen Aktivitäten von Jonathan Schmiedel: Die Kasseler Kripo-Abteilung für Wirtschaftskriminalität schreibt, dass sich Verbindungen von Schmiedel bzw. seiner Firma zu einigen Entsorgungsfirmen gefunden haben. Darunter sind zwei, die auch schon in der DDR „kritischen Müll" aus der BRD „aufgenommen" haben. Dieser wiederum dürfe nicht mehr „zwischengelagert", sondern müsse endgültig entsorgt werden. Beide Firmen hatten ebenfalls Kontakt zu Schäfer. Außerdem sind Verbindungen zwischen Schmiedel und zwei Chemiefirmen aufgetaucht; auch hier könnte die Entsorgung von Abfällen eine Rolle spielen. Die Wirtschaftsabteilung prüft, ob das Ganze an das Bundeskriminalamt abgegeben werden soll, weil der Umfang und die fachliche Expertise die Grenzen der Kasseler Abteilung sprengen. Kluthe denkt sich: „Aha, jetzt kommt das BKA von uns aus ins Spiel. Mal sehen, was die Außenwirtschaftsabteilung des Bundesministeriums dazu nun sagen wird ..." Die zweite Nachricht zum Thema Wirtschaft kommt aus Bremen: Die Durchsuchung der Geschäftsräume sei erfolgt, es seien fast alle Akten und zwei Computer beschlagnahmt worden. Die Auswertung würde dauern. Man sei aber auf ein sehr „verwickeltes" Firmengeflecht zwischen der Schmiedel GmbH & Co. KG und anderen Firmen in Großbritannien, China und den Cayman Islands gestoßen. Man würde sich melden ...

Kluthe schickt die drei Berichte an die Kolleginnen und Kollegen der Arbeitsgruppe weiter und bedankt sich nochmals für die Unterstützung. Er telefoniert mit dem Chef und spricht die weitere Strategie für die Vernehmung in der Untersuchungshaftanstalt und dann bei der Haftprüfung ab. Diese ist für 14 Uhr terminiert. Der Staatsanwalt bittet vorher um eine Absprache, wie Leonhardt mitteilt. So wird es ein gemeinsames Gespräch um 12.30 Uhr – statt Mittagspause – geben. Leonhardt will zum Haftprüfungstermin nicht mitkommen, „Das kannst Du allein, nimm aber zur Vernehmung noch wen mit, vier Ohren hören besser als zwei", beendet er das Telefonat mit Kluthe. „Stimmt eigentlich, hätte ich früher, beim Organisieren, dran denken müssen", sagt sich der Kommissar und fängt an herumzutelefonieren, ob jemand gerade Zeit hat, mitzukommen. Erfolgreicher als Telefonieren ist der persönliche Besuch, denkt er sich und will gerade die Büros abklappern. Da kommt Sandra Völz um die Ecke, fragt nach dem Verlauf gestern. Kluthe ergreift die Gelegenheit: „Komm mit zur Vernehmung in die U-Haft, ich erzähl' Dir alles auf der Fahrt". Sandra macht mit.

Anschließend fahren die beiden Polizisten in die Justizvollzugsanstalt in Kassel-Wehlheiden, und Kluthe berichtet von dem Tag gestern und direkt von den Erkenntnissen in den Emails. Sandra kommentiert: „Mensch, das hört sich doch alles gut an und passt zusammen. Der ist jetzt dran!" „Ich hoffe es auch, aber wer weiß, welchen Anwalt er hat, wie die Haftrichterin mit dem ‚Notwehr'-Argument umgeht, ob sie auch die Anzeichen für Flucht- und Verdunklungsgefahr entsprechend bewertet...". Kluthe ist vorsichtig. In den vielen Dienstjahren hat er sich schon öfters sehr sicher gefühlt, die Beweislage für ausreichend gehalten, und dann ist der Verdächtige doch auf freien Fuß gesetzt worden.

Nach dem üblichen Eingangs-Prozedere – Ausweis vorzeigen und abgeben, Dienstwaffe abgeben, Formulare ausfüllen – werden die Kommissarin und der Kommissar in einen Besucherraum geführt, der auch Vernehmungszwecken dient. Die Justizvollzugsanstalt stellt ein eigenes Aufnahmegerät zur Verfügung. Nach einigen Momenten des Wartens wird zunächst ein äußerst gut gekleideter, leicht übergewichtiger, etwa sechzigjähriger Mann mit gegeltem Haar und teuer aussehender Brille in den Raum gelassen und legt geräuschvoll seine Aktenmappe auf den einzigen Tisch im Zimmer, direkt vor die Polizistin und den Polizisten, die gerade auf einem der harten Stühle Platz genommen hatten. Sie springen auf, der Mann ergreift gleich das Wort: „Gestatten, Dr. Stricker, Anwalt des Herrn Schmiedel. Ich hatte schon ein Vorgespräch mit ihm und muss sagen, ich finde es aufgrund der vorliegenden Tatsachen völlig ungerechtfertigt, dass mein Mandant hier festgehalten wird. Es fallen wichtige Geschäftstermine aus, das wird Konsequenzen haben." Kluthe denkt: „Auweia, der Stricker. Ein bekannter Anwalt für Strafsachen, bei dem die Staatsanwaltschaft, und damit auch die Polizei, öfters das Nachsehen hatte." Zugleich merkt er den aufkommenden Ärger über die Arroganz des Anwalts und will kontern. Da legt Sandra ihm kurz die Hand auf den Arm und antwortet: „Guten Tag, mein Name ist Völz, dies ist mein Kollege Kluthe von der Kripo Kassel. Wir sind zuständig für die Tötungsfälle Schäfer und Blaszinsky und es gibt klare Hinweise darauf, dass Herr Schmiedel darin verwickelt ist. Und ob die Inhaftierung gerechtfertigt ist, wird die Haftrichterin heute Nachmittag entscheiden. Jetzt wollen wir ihren Mandanten befragen, und da können Sie selbstverständlich zugegen sein". Der Anwalt will zur Gegenrede ansetzen, da wird die Tür wieder geöffnet und ein Justizbeamter führt Schmiedel in den Raum.

Der Verdächtige ist bleich, unrasiert, wirkt sehr unausgeschlafen. Kluthe begrüßt ihn und bittet in Platz zu nehmen. Am Tisch sitzen sich auf der einen Seite Schmiedel und sein Anwalt, auf der anderen Peter Kluthe und Sandra Völz gegenüber. Im Raum befindet sich noch der Justizbeamte, der Schmiedel hereingebracht hat. Kluthe schaltet nach Information der Anwesenden das Aufnahmegerät an.

„Mein Mandant möchte eine Aussage machen", beginnt der Anwalt jetzt das Gespräch.

„Also, wie ich schon in Hannover dargestellt habe, war ich am Mittwoch vor zwei Wochen bei dem Schrotthändler Schäfer", führt Schmiedel aus, „Wir hatten Geschäftsbeziehungen, er hat Schrott gepresst, den ich nach China verschifft und verkauft habe. Schäfer wollte mehr Geld, das ich nicht zahlen wollte. Er hat mir denn mit etwas gedroht, das wie eine Pistole aussah, ich hab' seinen Arm gegriffen, es gab ein Handgemenge, dabei ist der Schuss losgegangen. Es war ein Unfall, ich musste mich doch wehren. Erst dann hab' ich gesehen, dass es keine Pistole, sondern der Druckluftnagler war. Ich hab' Angst bekommen, er blutete und bin dann schnell weggefahren."

„Wir haben Beweise, dass sich der Schuss nicht zufällig gelöst hat, sondern gezielt angelegt wurde", warf Kluthe ein.

„Die will ich gerne einsehen", antwortet der Anwalt, „Die Situation ist, wie dargestellt, eindeutig Notwehr. Lassen Sie bitte Herrn Schmiedel ausreden."

Schmiedel fährt fort: „Ich gebe zu, es war falsch, dass ich weggefahren bin, aber ich habe Schäfer nicht absichtlich getötet und es tut mir leid, dass er tot ist. Ein paar Tage später ruft mich der Blaszinsky, der Angestellte vom Schäfer, an. Er hätte Belege für krumme Geschäfte und wollte Geld. Ich hab` erst gesagt, er soll damit zur Polizei gehen, er war aber penetrant, hat mich mehrfach angerufen. Dann habe ich ihn besucht, wollte ihn beruhigen und zur Rede stellen. Es stimmt, dass ich dazu die Golfrunde genutzt habe. Das war ein spontaner Entschluss. Ich war an Loch zwei, da rief er wieder an. Da hatte ich dann die Schnauze voll, bin ins Auto und nach Hofgeismar gefahren, er hat mir gesagt, wo er wohnt. In der Wohnung ist er dann gleich auf mich los, hat geschrien, ich hätte den Schäfer umgebracht. Da musste ich mich auch wehren, er stand zwischen mir und der Tür. Wir haben hin und her gezerrt, und dann hab` ich ihn gestoßen und er ist hingefallen und hat geblutet. Auch das war ein Unfall oder Notwehr. Ich hab` wieder Angst bekommen und bin zurück auf den Golfplatz, hab` die letzten Löcher gespielt. Das mit dem Alibi war gelogen. Aber ich habe auch den Angestellten nicht getötet. Wenn er tot ist, muss er in dem Handgemenge unglücklich gefallen sein. Das war's".

Sandra will nachfragen, aber wieder schaltet sich der Anwalt ein: „Das ist alles, was Herr Schmiedel zu sagen hat. Es waren Unfälle, maximal Notwehrsituationen, für die ist Untersuchungshaft nicht gerechtfertigt."

„Und warum wollte Herr Schmiedel dann das Land verlassen und hat die Vorladung, den Vernehmungstermin nicht wahrgenommen?", fragt jetzt Kluthe.

Wieder antwortet der Anwalt: „Mein Mandant wollte nicht fliehen, den Termin hat er vergessen, weil er einen dringenden

Geschäftstermin in London hatte. Dazu werden wir Belege nachreichen. Und jetzt beenden wir besser das Gespräch, alles Weitere wird die Haftrichterin klären, dann ist Herr Schmiedel heute Nachmittag wieder auf freiem Fuß."

Kluthe und Völz schauen sich etwas verdutzt an, andererseits hatten sie nach dem ersten Auftreten des Strafverteidigers nicht allzu viel anderes erwartet. Die Strategie des Anwalts ist nachzuvollziehen: Die Zusammentreffen mit den Opfern werden zugegeben, sie sind unter den vorliegenden Beweisen nicht zu leugnen. Es wird eine Notwehrsituation konstruiert, alle weiteren Aspekte, vor allem zu den Geschäften und möglichen Motiven werden abgeblockt. Das Prozedere wird rückwärts abgewickelt: Schmiedel wird in eine Zelle gebracht, die Polizeibeamten erhalten Ausweis und Waffe zurück, setzen sich in den Dienstwagen und fahren ins Präsidium zurück. Im Auto hängen sie ihren Gedanken nach, das war doch eine ziemlich heftige Attacke des Verteidigers.

# 28
(Mittwoch)

Zurück im Präsidium berichtet Kluthe kurz seinem Chef, ordnet dann alle vorliegenden Fakten und verfasst einen dreiseitigen Bericht, in dem die Tötungsdelikte, die klaren Hinweise auf die maßgebliche Beteiligung Schmiedels und mögliche Motive aufgelistet werden. Beim Tod Schäfers können Erpressung, weitere Geldforderungen, ein Streit um das Abladen der Fässer in dem See, ein Streit ums Aussteigen eine Rolle für die Auseinandersetzung gespielt haben. Es gibt keine Anzeichen dafür, dass Schmiedel gezielt zu Schäfer gefahren ist, um ihn zu töten, dann hätte er wahrscheinlich eine Waffe mitgenommen. Deutlich ist allerdings, dass er ihn gezielt getötet hat. Bei Blaszinsky sind die Motive noch unklarer: Wollte Blaszinsky den Schmiedel erpressen? Oder hat er gedroht zur Polizei zu gehen, und das, was er weiß, auszuplaudern, wenn Schmiedel nicht selbst zu Polizei geht? Oder geht es um noch etwas anderes? Klar ist, dass Blaszinsky etwas von den Geschäften um die Giftfässer mitbekommen hat und er so dem Schmiedel gefährlich werden konnte. Möglicherweise hat er die Situation genutzt, dass der Angestellte ihn angerufen hat, hat ein Treffen vereinbart, für das er ein Alibi konstruiert. Und hat ihn dann gezielt erschlagen. Hierauf weist das Gutachten der Gerichtsmedizin deutlich hin. „Gut, dass Sonja so super und genau arbeitet", denkt der Kommissar, „tolle Frau eben."

Das Gespräch beim Staatsanwalt verläuft routiniert. Immerhin hat dieser belegte Brötchen und Kaffee aus der Kantine kommen lassen. Kluthe stellt die Sachlage noch einmal dar, Leonhardt verdeutlicht die Argumentationslinie. Die Beweise für Schmiedels Anwesenheit an den Tatorten sind eindeutig, er hat das ja auch zugegeben. Ebenso klar ist die Verbindung in die Schrott- und höchstwahrscheinlich Giftmüllgeschäfte. Die Haftgründe Flucht- und Verdunklungsgefahr sind aus Sicht der Polizisten und des Staatsanwalts ebenfalls gegeben, eine letztliche Beurteilung muss die Haftrichterin vornehmen.

Der Haftprüfungstermin findet wiederum in der Justizvollzugsanstalt (JVA) statt; im Bereich der Untersuchungshaft gibt es hierfür einen gesonderten Raum, an den ein Büro für die Richter angeschlossen ist. Das Zimmer ist kahl, weiß gekalkt, ohne Bilder oder ähnliches an den Wänden. Es befindet sich eine Art Anrichte in dem Raum, dann ein Schreibtisch, hinter dem die Richterin, eine relativ junge und, wie Kluthe findet, gutaussehende Frau sitzt. Kluthe kennt sie aus vorherigen Fällen nicht. Pünktlich um 14 Uhr sind auch alle anderen Beteiligten eingetroffen. Der Staatsanwalt trägt den Antrag auf Fortführung der Untersuchungshaft für sechs Monate, bis zur Eröffnung des regulären Gerichtsverfahrens, vor, schildert ausführlich die Sachverhalte um die Tötungen und den Versuch Schmiedels, das Land zu verlassen. Er weist auch auf die Geldabhebungen hin, die Geldmengen wurden in einer Aktentasche gefunden, die Schmiedel bei sich führte. Der Anwalt von Schmiedel kontert mit den bekannten Argumenten zu den Notwehrsituationen und führt nochmals aus, dass Herr Schmiedel zu einem Geschäftstermin reisen wollte. Hierfür kann er allerdings bis jetzt keine Bestätigung aus London vorlegen. Die Haftrichterin, der auch Kluthes Bericht vorlegt, stellt einige Nachfragen an Herrn Schmiedel, besonders hinsichtlich der London-Reise. Schmiedel kann keine neuen Begründungen liefern, nennt als Zielort den Sitz der Asia Ltd., nennt als Geschäftspartner Herrn Wu Li, der allerdings bisher auch vom Verteidiger nicht erreicht werden konnte. Die Richterin entscheidet dann, dass die Untersuchungshaft für drei Monate in Kraft bleibt, dann soll ein neuer Haftprüfungstermin erfolgen. Sie formuliert noch den Vorbehalt, dass beim Auftreten von entlastenden Fakten auch ein früherer Prüfungstermin möglich ist und beschließt die Sitzung. Schmiedel ruft laut „verdammter Mist", der Staatsanwalt und Kluthe verlassen den Raum mit einem Lächeln auf dem Gesicht.

Vor dem Gebäude der JVA ruft Peter Kluthe zunächst Sandra Völz an und teilt mit ihr die Freude über den Erfolg. Anschließend telefoniert er mit dem Chef und unterrichtet ihn vom Ergebnis. Leonhardt beglückwünscht ihn und sagt, dass er das gesamte Team morgen Abend zum „Lohmann„ auf Bier und Schnitzel einladen will, um den Erfolg zu feiern. Kluthe meldet sich für heute ab: „Ich brauch jetzt mal 'ne kurze Auszeit. Eigentlich wäre heute mein freier Tag für den Bereitschaftsdienst und ich hab`jede Menge Überstunden, da will ich den Nachmittag ausspannen."

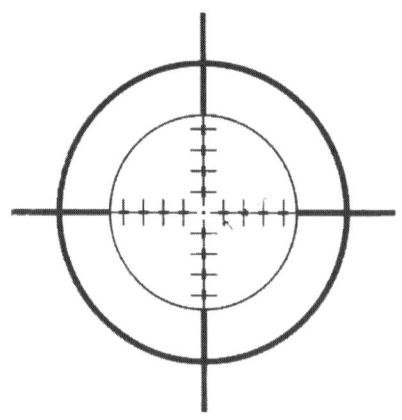

# 29
(Mittwoch)

Es ist mittlerweile 15.30 Uhr und Kluthe muss das Treffen mit Sonja vorbereiten, jetzt kann es ja wirklich ein Rendezvous werden. Die Zeit wird knapp. Er nimmt den Dienstwagen mit, und auf dem Weg nach Hause fährt er bei einer bekannten Bio-Metzgerei am Bebelplatz vorbei, die machen die besten Bratwürste in der Stadt. Und weil er gut schmeckt, kauft er dort auch den Kartoffelsalat, nebenan im „Brotgarten" noch ein Baguette und Kuchen und im Käseladen etwas Käse und eine Flasche Sekt. Das sollte reichen. In seiner Wohnung springt er unter die Dusche, zieht sich frische Sachen an, Zeit für ein langes Nachdenken über die passende Kleidung bleibt nicht, T-Shirt und Jeans reichen aus. Es ist wieder richtig warm, um nicht wieder gleich zu schwitzen, nimmt er das Auto für den Weg zu seinem Garten. Das ist zwar nicht ganz gesetzestreu, den Dienstwagen für Privatfahrten zu nutzen, aber er rechtfertigt sich vor sich, er habe die letzten zwei Wochen ausreichend Gutes für die Wahrung der Gesetze getan.

Auf dem Gelände wirkt die „Baugrube" für das Grill-Fundament etwas unästhetisch, aber das lässt sich erklären. Kluthe packt die Speisen und den Sekt in den Kühlschrank, stellt zwei Gartenstühle mit Polstern auf die kleine Terrasse und fegt noch einmal kurz durch. Er spült auch die Sekt- und Weingläser noch einmal. „Soll ich die Couch in Bettposition bringen?", fragt er sich. Und entscheidet sich dagegen, es erscheint ihm zu offensichtlich. Er ist aufgeregt, kann sich nicht ruhig hinsetzen.

Kurz vor 18 Uhr geht Peter Kluthe die etwa 500 Meter zum vereinbarten Treffpunkt, zum Parkplatz am Sportgelände der TSG Wilhelmshöhe. Kaum angekommen, biegt Sonja Wiedemann mit dem Fahrrad um die Ecke. Sie sieht hinreißend aus, trägt ein hellblaues Sommerkleid, das ihre Figur betont, aber auch nicht zu eng ist. Er geht auf Sonja zu, lässt sie vom Rad steigen, begrüßt sie mit den Worten „Du siehst toll aus!" und umarmt sie. Sonja erwidert diese Umarmung, hält ihn eng bei und an sich. „Ich freu' mich riesig, Dich zu treffen, aber jetzt will ich Deine Hütte sehen", drängt sie zum Aufbruch. Den Weg zur Gartenhütte gehen sie nebeneinander, Sonja schiebt das Rad, immer wieder berühren sie sich an den Armen. Die Spannung, die entsteht, ist für Kluthe kaum auszuhalten.

Kluthe schließt das Tor zum Garten auf – und wieder ab. „Soll uns keiner stören?", fragt Sonja. Die Frau verwirrt ihn immer wieder, Kluthe stammelt etwas von „Ja, ich möchte mit Dir allein sein" und führt sie zum Gartenhaus. Er öffnet kaum die Tür, da umarmt ihn Sonja und küsst ihn, erst vorsichtig auf den Mund, als er mitmacht, intensiver. Kluthe ist sofort höchst erregt. Sie streicheln sich erst zögerlich, dann zieht Sonja dem Kommissar das T-Shirt über den Kopf, küsst ihn am Oberkörper. Kluthe antwortet, fragt noch, ob er ihr das Kleid ausziehen darf, Sonja antwortet: „Ja, ich will Dich, ich will Dich völlig spüren". Peter ist wieder etwas irritiert, so landen sie auf dem Sofa. Sonja zieht ihn auf sich, öffnet sich ihm und kurze Zeit später kommen sie gemeinsam zum Höhepunkt.

„Wow, das war Wahnsinn, und ging alles so schnell", beginnt Peter Kluthe zu sprechen, als das wieder möglich ist. „Ich hatte riesige Lust, auf Dich! Das hat sich angestaut, schon in meinen Phantasien", antwortet Sonja, „und meine Freundin in Köln hat mich bestärkt, der Lust nachzugehen." Sie liegen eng beieinander, Kluthe bemerkt dann, dass er Durst hat und öffnet die Sektflasche. Noch nicht völlig kalt, aber ein Genuss zu zweit.

Noch etwas später fragt Sonja dann nach dem „Ausgang der Geschichte mit der Verhaftung". Kluthe hat zunächst keine große Lust, über die Fälle und die letzten Stunden im Dienst zu sprechen. Andererseits war Sonja mit den Obduktionen und dem wichtigen Gutachten maßgeblich an der Klärung beteiligt. Also beginnt er zu erzählen. „Nach dem jetzigen Stand hat Schmiedel Giftmüll für verschiedene Firmen angenommen und dann über den Schrotthändler entsorgt. Er wurde in Fässern in die Autoschrottwürfel mithilfe der Spezial-Pressform gepresst, als Metall deklariert und dann nach China ausgeführt."

„Waren die Chinesen da involviert?", fragt Sonja nach.

„Wahrscheinlich schon, das wissen wir jedoch jetzt noch nicht wirklich. Auf jeden Fall war die Sache für Schmiedel und letztlich Schäfer einträglich. Es muss dann etwas vorgefallen sein, dass Schäfer gezwungen war, Giftfässer in dem See in Northeim zu entsorgen, dazu hat Schmiedel ihn offensichtlich gedrängt. Dann kam es zu der Auseinandersetzung auf dem Hof von Schäfer, was da genau passiert ist, können wir auch noch nicht rekonstruieren. Klar ist jedenfalls, dank eurer Analysen, dass Schäfer dort direkt von Schmiedel mit dem Druckluftnagler getötet wurde. Schäfer hat von der Verletzung wahrscheinlich nicht gleich was gesagt, weil er Angst hatte, dass das schmutzige Geschäft auffliegt."

„Und was war mit dem anderen, Blaszinsky?"

„Auch hier sind wir über den Anlass der Auseinandersetzung noch im Unklaren. Aber auch hier hast Du Dich im Gutachten klar positioniert, so dass wir zumindest eine lückenlose Indizienkette haben, um Schmiedel wegen des Todes von Blaszinsky anklagen zu können. Ob des Vorsatz war, also Mord, oder ‚nur' Totschlag wird schwer zu beweisen sein."

„Wie geht es weiter?"

„Naja, wir versuchen, die Motive für die Konfrontationen und Tötungen noch genauer heraus zu bekommen, wahrscheinlich hilft da noch die ganz detaillierte Aktenanalyse. Wenn Schmiedel jedoch schweigt, wird es schwer, ihn wegen Mord dranzukriegen. Und die gesamten Giftmüll-Geschäfte wird wohl das BKA an sich ziehen. Es geht ja um mehrere Bundesländer, auch internationale Verflechtungen, das würde uns wahrscheinlich überfordern."

„Ich finde, wir haben jetzt genug geredet", meint Sonja und trinkt den Rest Sekt aus ihrem Glas, „Ich hab' Lust, auf Dir zu sitzen." „Oh ja, komm!", sagt Kluthe und zieht Sonja an sich.